독도사랑
30년

변우택 시집

독도사랑 30년

변우택 시집

뿌리출판사

차 례

추천사 / 국회의원 **김충환** (독도는 그에게 님이었고 사랑이었다) -------- 6

추천사 / 국회의원 **임동규** (시집발행을 진심으로 축하드리며) ---------- 8

추천사 / 강동문인회 회장 **김병관** (자아실현을 이루려는 노력의 산물) -- 10

추천사 / 강동문인회 사무국장 **김상호** (독도를 지킨 초병의 노래) ------ 12

책을 내면서 / **변우택** (독도사랑 30년 절절한 애국심의 발로) ---------- 14

제1부 화보(畫報) 독도사진 ------------------------- 17

여러 곳에서 본 동·서도의 전경 ------------------------ 19

여러 곳에서 본 동도의 전경 -------------------------- 25

동도의 이모저모 ---------------------------------- 26

여러 곳에서 본 서도의 전경 -------------------------- 33

서도의 이모저모 ---------------------------------- 35

해상의 이모저모 ---------------------------------- 40

독도의 사계 ------------------------------------- 43

독도의 일출 ------------------------------------- 45

독도의 일몰 ------------------------------------- 46

독도의 야경 ------------------------------------- 47

독도의 생태 (독도의 생물, 식물, 새, 조류) ----------------- 48

독도의 일상 ------------------------------------- 53

제2부 시(詩) 독도사랑 ------------------- 57
독도 -- 58
제1장 독도에서 (1~64) --------------------- 59
제2장 독도야 잘 있느냐 (1~29) ------------ 131
제3장 다시 찾은 독도 (1~50) -------------- 163

제3부 부록(附錄) 독도 이해 자료 모음 -------- 223
독도의 지리와 자연 ---------------------------- 224
독도의 연혁과 분쟁사 -------------------------- 229
독도가 한국령으로 표기된 지도들 ------------- 259
일본 또는 외국문헌에 나타난 표기들 ---------- 260
독도수호의 역사와 인물 ------------------------ 262
울릉군의 독도 박물관 -------------------------- 269
독도에 관한 보도자료 모음 --------------------- 270
독도개발 특별법안 ----------------------------- 278
필자 변우택 프로필 ---------------------------- 282
자료 제공자 및 참고문헌 ----------------------- 285
독도는 우리 땅 노래비와 가사 ------------------ 286

독도는 그에게 님이었고

우리가 잘 아는 변우택 회장이 독도사랑 30년 시집을 낸 것을 진심으로 축하드린다. 변 회장이 능력과 재능이 많은 것은 익히 알고 있었지만 문학적 재능까지 이렇게 탁월하신 줄은 미처 몰랐다. 더구나 온 국민이 사랑하고 아끼는 독도를 30년 동안이나 지속적으로 사랑하고 아끼고 또 돌봐온 것도 놀라운 일이다. 변우택 회장이 독도사랑 30년을 담은 아름다운 시집을 내신 것에 대해 독자와 더불어 진심으로 축하드린다.

 독도에 대한 수필, 시는 여러 차례 본적이 있다. 그러나 독도에 대한 서사 시집은 처음이 아닐까 싶다. 그것도 30년이란 긴 세월을 두고 변화되는 독도의 모습과 나이가 들어가면서 느끼는 감회를 연결하여 서정적으로 묘사한 것도 특이하다. 1980년대 독도경비대로 근무하면서 독도의 구석구석을 보고 느끼고 만져보았고 독도를 진심으로 아끼고 사랑하는 마음이 있었으며 예민한 시적 감수성이 있었기에 가능한 일이었을 것이다.

 시를 읽으면 변 회장의 마음속에 절절히 넘치고 있는 애국심을 느낄 수 있다. 독도는 그에게 님이었고 사랑이었다. 그는 어린 시절 아름다운 추억 속의 님을 생각하듯 살아있는 사람과 대화하듯 독도에 대한 사랑을 고백하고 있다. 우리 시대에 조국의 산하를 연인처럼 사랑하고 또 사람과 대화하듯 교감할 수 있는 사람이 얼마나 되랴. 나는 변 회장의 인품과 시적 감수성에

사랑이었다

국회의원 **김 충 환**

더욱 큰 매력과 존경심을 느끼게 된다.

또한 이 시집에는 계절마다 바뀌는 독도의 다양한 아름다움을 직접 찍은 사진을 실음으로써 상상력뿐 아니라 시각적으로도 독도의 아름다움을 느낄 수 있게 하였다. 독도에서 살아보지 않으면 느낄 수 없고 찍을 수 없는 사진들이 많이 실려 있어 좋았다. 그리고 뒤편에 붙인 독도의 지리와 자연 등 자료 모음을 통하여 독도를 더욱 소상하게 알 수 있도록 만들었다. 변 회장은 진정 독도의 옹호자요 보호자요 소개자라고 할 수 있다.

신라 지증왕 13년 이사부 장군이 우산국을 정벌한 이후 우리 땅으로 편입된 독도는 1500년 세월을 두고 변함없이 우리 땅으로 있었다. 1905년 이후 40년간 일제의 침탈을 당했고, 해방 후 다시 찾았으나 독도가 너무나 귀중한 섬이다보니 일본이 계속 욕심을 부리고 있는 것이다. 독도는 누가 뭐라고 해도 움직일 수 없는 우리 땅, 한국의 영토다. 그런데 일본은 교과서에까지 일본 땅이라고 명시하는 억지를 부리고 있다.

우리는 변우택 회장의 시집 발간을 계기로 더욱 독도에 대한 관심을 높이고 독도에 대한 사랑을 깊게 해야겠다. 변우택 회장의 독도 사랑 30년 출간을 다시 한 번 축하드린다.

'독도사랑 30년' 시집 발행을

변 우택 시인의 두 번째 시집, '독도사랑 30년' 발행을 진심으로 축하드립니다.

30여 년 전 독도경비대원으로 근무하며 독도와 인연을 맺은 이후로, 그 땅을 그리며 살아왔던 시인의 삶이 나라를 사랑하는 혼이 담긴 필체가 되어 읽는 이들에게 진한 감동을 전해줍니다.

독도와 함께 한 삶이 헛되이 지나간 시간이 아님을 시인의 참회와 기도로 기록된 간결하고 진실한 시들을 통해 짐작해 볼 수 있었습니다.

변우택 시인의 시를 음미할 때, 잊고 지냈던 따뜻한 기억과 새로운 감정이 가슴 깊이 차올랐습니다.

독도와 살을 부대끼며 살아온 시인의 시간은 넉넉한 정을 함께 하며 울고 웃었던 오래된 고향집 친구와의 소박한 삶의 나눔과 같았고,

언어의 향연을 풀어 표현한 독도의 '밤과 낮에서 느껴지는 바람과 파도

진심으로 축하드리며

국회의원 **임 동 규**

일색' 의 아름다움은 내 눈앞에 실제로 독도가 펼쳐져 있는 것만 같았습니다.

대한민국의 아름다운 땅, 독도!

이 시집은 독도를 향한 우리의 애틋한 마음이 쉬이 식지 않게 만들 것입니다.

대한민국의 정서로 물들여진 우리 민족과 함께 살아 숨쉬어 온 역사의 땅, 독도가 우리의 것임을 자랑스럽게 느끼도록 할 것입니다.

그렇기에 시련과 애환의 땅 독도를 향한 뜨거운 사랑의 마음을 시로 그려낸 변우택 시인이 매우 자랑스럽습니다.

독도의 살아 숨쉬는 현장을 그대로 담은 이 시집을 통해 시를 읽는 모든 분들에게 잔잔한 감동이 있기를 소망하며 다시 한 번 시집 발간을 진심으로 축하드립니다.

자아실현을 이루려는

변우택 선생의 제2시집 '독도사랑 30년'의 출간 소식에 적잖이 놀랐다. 변선생은 강동문인회에서 활동하고 있는 시인이지만 아직 한국문인협회에 등록된 등단시인이 아니기 때문이다. 등단한 지 십여년을 넘긴 시인들 가운데서도 첫 시집을 못내는 경우가 허다한데 벌써 두 번째 시집을 펴낸다니 선생의 시심과 창작열에 경의를 표한다. 이는 선생의 자아실현 욕구가 강렬하다는 증거이기도 하다.

인간의 욕구 가운데 최상의 가치는 자아실현이라고 한다. 물론 자아라는 개념 자체가 워낙 형이상학적이라 정확하게 정의하기는 어렵지만 일반적으로 자신의 잠재능력을 끄집어내어 사회적 공헌을 하였을 때 붙여주는 것이 아닐까. 당연히 스스로의 만족이 전제되어야 한다고 볼 때 선생은 자아실현에 한 걸음 다가선 셈이다. 그 이유는 젊은 시절 군대생활을 하였던 독도를 위해 무엇을 해야 할 것인가를 생각하고 이를 실천하였으니 말이다. 먼 후일 선생의 후손들이 할아버지가 쓴 시집이 당시의 국가적 이슈였던 독도 문제에 관한 역사적 기록물이라는 사실을 안다면 매우 자랑스러워하리라.

우리 역사에 대한 기록을 생각할 때마다 가끔씩 자괴감을 느낀다. 그것은 중국의 동북공정이나 일본의 정한론의 모태가 된 임나일본부설이 어떤 면에서는 우리 스스로 초래하였다는 생각이 들기 때문이다. 왜냐하면 우리 민족의 상고사는 어둠속에 묻혀 있고 상당부분 사마천이 쓴 사기에 의존하고 있다. 고대사 역시 마찬가지로 위나라의 진수가 쓴 위지동이전에 기대

노력의 산물

강동문인회 회장 **김 병 관**

고 있다. 우리의 삼국사기나 삼국유사가 12세기에 쓰여 진 것에 비해 사기는 기원 1세기 전에, 위지동이전은 4세기에 쓰여 졌다. 우리가 애써 무시하는 임나일본부설의 이론적 토대가 된 일본서기도 7세기에 쓰여 졌으니 우리 조상들의 역사기록관이 안타깝다. 광개토대왕의 비문해석을 두고 동북아삼국의 해석이 각각 다른 것을 보더라도 정통 역사서가 얼마나 중요한지를 새삼 깨닫게 된다.

최근 독도의 영유권을 두고 우리나라와 일본은 첨예하게 대립하고 있다. 우리나라는 삼국사기에 등장하는 이사부의 우산국 정벌과 세종실록지리지에 수록된 독도관련 내용을 역사적 근거로 한다. 한편 일본은 20세기 초 시마네현으로 편입한 기록을 근거로 몇 해 전에는 죽도의 날이라는 조례를 제정하였고 급기야 교과서에 자신들의 영토라 싣고 있다. 이에 맞서 우리는 독도에 관한 실효적 지배를 더욱 강화하고 있는 중이다. 이처럼 국가 간의 영토주권은 다른 무엇으로도 바꿀 수 없는 최상위의 개념이다.

이 시집에는 독도에 관한 역사와 인문 지리적 내용도 상세하게 기술하고 있다. 이를 위해 아마도 많은 책을 통해 공부를 했을 터, 이제는 독도에 관한 전문가가 다 되었을 것이다. 더구나 일 년에 한두 번 독도를 직접 다니면서 찍은 사진들이 함께 실려 있어 그 정성이 얼마나 대단한 지는 미루어 짐작할 수 있을 것이다.

변선생의 이번 시집은 독도에 관한 후일 좋은 자료가 되리라 믿으며 문학적으로도 보다 성숙한 단계에 접어드는 계기가 되기를 기원한다.

독도를 지킨 초병의 노래

선생의 두 번째 시집 '독도사랑 30년'의 출간 소식을 듣고 문득 '수구초심'이란 고사성어가 떠올랐다. 여우가 죽을 때 자신이 태어난 언덕을 향해 머리를 두고 죽는다는 고사의 유래처럼 선생은 언제나 자신의 근본을 잊지 않았기 때문이다. 선생은 젊은 시절 전투경찰로 독도와 인연을 맺은 이후 이순을 바라보는 오늘에 이르기까지 삼십년 넘게 외로운 섬 독도를 그리워하고 있으니 어찌 수구초심이 어울리지 않을까. 이번에 펴내는 시집은 아마도 독도를 지킨 한 초병의 삼십년 수구초심의 결정체이리라.

선생의 독도사랑은 정말로 유별나다. 군대생활 기간 중 절해고도에 갇혀 있다는 일말의 절망감이나 파도 소리가 지겨울 법도 하건만 지금껏 가슴에 담고 살아오면서 시상으로 승화시켰으니 이 얼마나 존경스러운 일인가. 어쩌면 칠흑같은 어둠을 벗 삼아 밤하늘에 피었다 지는 무수한 별들을 바라보며 인생을 설계하던 그 날들이 선생이 가장 돌아가고 싶어 하는 시공일런지도 모른다. 선생이 독도와의 인연을 소중히 하는 것도 무한대의 시간 위로 무한대의 공간이 서로 스쳐 지나다가 잠시 만나는 한 점의 의미를 잘 알기 때문일 것이다.

사실 내가 선생을 알게 된 것도 울릉도·독도여행에서 였다. 물론 그 이전에도 알고는 있었지만 독도를 지키던 전투경찰로서 그처럼 열성적인 독도 마니아 인줄은 미처 몰랐다. 몇 해 전 우리는 수중환경협회에서 주최하는 울릉도 독도수중정화활동행사에 옵서버 자격으로 참가하였다. 전국 각지에서 모인 베테랑 다이버들이 대부분이었고 일반인은 변우택 선생과 뉴시스의 권주훈 편집위원, 그리고 나를 포함한 몇 사람에 불과하였다. 그 중에

강동문인회 사무국장 **김 상 호**

서 우리 셋은 참가자 중 가장 연배가 많다는 공감대가 형성되어 누가 먼저
랄 것도 없이 자연스레 어울릴 수 있었다.

그 때의 에피소드는 너무나 많지만 여기서는 두 가지만 소개하고자 한다.
하나는 성인봉 등산을 하면서 선생은 쉬는 틈틈이 떠오르는 시상을 메모하
는 것이었다. 그것은 가파른 산길을 헐떡이며 오르면서도 바다 저 너머 아
련한 독도를 생각한 결과가 아니고 무엇이랴. 또 하나는 두 번이나 독도를
찾은 것이었다. 공식행사 차 방문하였을 때는 파도가 너무 거세 선착장에
10여분간 머무는 것으로 끝나자 너무나 아쉬운 나머지 애통해 하였다. 그
러나 지성이면 감천이라고 하였던가 마침 육지에서 배가 들어오지 않아 하
루의 여유가 더 주어지자 새벽같이 또 다시 독도로 달려가 회포를 풀고 돌
아오는 것이었다. 아마도 그 때의 감회는 이 시집에 실려 있을 것으로 생각
된다.

이처럼 독도를 향한 선생의 무한사랑은 숭고하기까지 하다. 최근 일본과
독도 영유권을 둘러싼 교과서 분쟁에서 보듯이 독도는 우리의 보살핌을 필
요로 한다. 그것은 일본처럼 천연자원 등을 노리는 경제적인 이유에서가
아니라 역사적으로나 민족적 정서로나 분명히 우리 땅이기 때문이다. 조상
으로부터 물려받는 독도가 우리 시대에 분쟁지역이 되는 것은 안타까운 일
이다.

변우택 선생의 독도 시집은 이러한 시대상황에 걸맞게 우리의 마음을 가
다듬는 계기가 되리라 믿는다. 이 시집을 계기로 선생의 문운이 활짝 피어
나기를 기대한다.

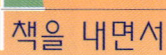

독도사랑 30년 절절한

어린 날 애태우며 맺었던 한 인연을 속절없이 저버리고 플라토닉 사랑을 배신한 마음이 무거워 스스로 죄인이 되고 참회하기 위해, 그리고 참 사랑과 참 인간관계를 새롭게 깨우치기 위해 선택했던 내 참회와 기도의 성지 - 독도!

독도에서 쓴 시를 포함하여 제1집으로 '내 죄 사함을 위하여 내 인간 사랑함을 위하여' 라는 시집을 냈던 해가 1992년 2월이니 어느새 20년의 세월이 잠깐 사이에 흘렀다. 더불어 경비대원으로 근무하던 시절도 어언간 만 삼십년이 훌쩍 지났다.

독도와 인연을 맺고 한 평생을 그리며 살아온 한 사람으로서 그동안 일본과 독도의 영토분쟁 소음이 있을 적마다 이 책을 내어 턱도 없는 소리라고 소리쳐 꾸짖고 싶었지만 등단도 아니 한 몸이라 망설이며 꿈을 접기를 그 몇 번이던가?

그러나 작금의 독도 영토분쟁은 - (이제 한일 간의 문제가 아니라, 비록 만 6일간의 해프닝으로 일단락 되었다 해도 미국지명위원회조차 망동을 하여 국제적인 문제로 비화된 바 있고 국제사회 눈치를 살피면서 변죽만 울리던 일본 정부는 최근에 노골적으로 독도가 자기네 영토라고 서슴없이 발언하고 교과서 등재를 공식적으로 표명하는 등) - 그 도가 선린의 관계를 넘는 바이기에 국민의 한 사람으로서, 지난날 독도경비대원을 지낸 한 사람으로서 한숨만 몰아쉬고 정부가 알아서 잘 지키겠지 하며 좌시하고 있기 힘들었다.

한편, 이 책의 구성은 크게 3부로 나누었으며 제1부는 독도사진화보를,

애국심의 발로

필자(시인) **변 우 택**

제2부는 1980년 5월과 6월, 당시 현지에서 생활하면서 느낀 우리 땅, 독도에 대한 나의 생생한 정서와 정감을 담은 시를 제1장으로, 그 뒤 독도에 대한 그리움과 방문을 꿈꾸며 쓴 시를 제2장으로, 마침내 2009년에 세 차례나 방문하면서도 상도하지 못하며 쓴 애닯은 시 수 편과 2010년 8월 18일에 마침내 만 삼십년 만에 입도하여 폭서 및 깔따구와 싸우며 쓴 시를 제3장으로 구성하고 제3부는 독도 이해 자료모음으로 엮었다. 그리고 본문의 시는 목적시요 기행시이므로 순수문학시와는 거리가 있다. 따라서 문학의 몸짓이 아니라, 극에 달하는 영토분쟁에 적극 가담하는 애국심 같은 아우성으로 - 이 책 한권에 독도를 사랑하는 필자의 깊은 마음을 모두 담아 광복절 66주년에 맞추어 일본의 노략질에 맞서는 심정으로 기쁘게 편집하였다.

살펴본즉, 독도는 신라시대 때부터 일제강점기까지 선조들이 당당하게 지켜왔던 그 시절이나, 근년에 이르러 독도의용수비대가 목숨 걸고 사수했던 그때나, 1980년 독도경비대로 지원하여 필자가 지켰던 당시나, 만 삼십년이 흐르는 동안 후배 독도수비대들이 지키고 있는 독도를 다시 찾아 동서도를 샅샅이 돌아본 지금이나, 독도 해류과 하늘에 살고 있는 생명체들 모두가 내 고향에서 보는 것들과 같아 여전히 유정하니 독도가 분명 내 땅이요 우리나라의 땅임을 다시 한 번 명확하게 확인하였다.

따라서, 독자에게 바라건대, 이 책을 문학적 잣대로 평가하여 폄하하지 마시고 필자가 독도경비대원일 때부터 지금까지 한 평생 독도를 사랑한 열정을 헤아려주심과 함께 독도를 사랑하는 마음으로 읽어 주시고 길이 간직하여 주시기를 바라는 바 간절하다.　　　　　　　　　　　　　　『필자 올림』

제1부

화보(畫報)

독도사진

| 울릉도 도동 전망대 | 죽변↔울릉도↔독도 거리 | 독도의 좌표 |

독도 좌표 : 동도 N 37° 14′26.8″ / E 131° 51′54.60″ 서도 N 37° 14′30.06″ / E 131° 51′54.6″

사동 선착장과 독도 평화호(2010. 8. 17)

18

독도 들어가는 길 - 마침내 점 같이 보이는 독도(좌측 사진)

서·북쪽에서 본 독도 모습

서쪽에서 본 독도 모습

서·남쪽에서 본 독도 모습

19

↑ 남 · 서쪽
에서 본
독도

➡ 남쪽
에서 본
독도

➡ 남 · 동쪽
에서 본
독도

20

↑ 동쪽
에서 본
독도

◀ 동·남쪽
에서 본
독도

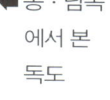
21

◀ 동·북쪽
에서 본
동·서도

◀ 북 · 동쪽
에서 본
동 · 서도

◀ 북쪽
에서 본
독도

22

◀ 북 · 서쪽
에서 본
동 · 서도와
가제바위

➡ 파도가
드세게
넘치는
가제바위와
동 · 서도

➡ 북 · 서
쪽에서 본
물결이
잔잔한 때
독도

➡ 더 먼
서 · 북쪽
에서 본
독도

23

후배 수비대원과 함께(2010. 08. 20)

환송하는 독도 경비대원 (2009. 05. 28)

독도에서 나오는 길 1 - 가물가물 점점 멀어져만 기는 독도 모습

태극깃발 아래 창망대해에 등대처럼 솟아있는 독도

여러 곳에서 본 동도의 전경

서쪽에서 본 동도

남쪽에서 본 동도

동쪽에서 본 동도

북쪽에서 본 동도

서도 산 위에서 본 동도

한국령 표석(1980)

한국령 표석(2010)

정상의 태극기(1980)

태극기와 등대(2010)

독도 주소 표석(1953. 08. 05. 의용수비대 세움)

선착장 설치 기념표석

독도의 선착장(설치 1997, 촬영 2010년)

전마목선(1980 이전)과 선착장

전마철선(1980)

고무보트(2010)

26

동도의 남쪽 오르 내림계단(좌 : 1980, 중 및 우 : 2010)

본부 막사와 정상의 길 모습(1980)

시설 모습(2010)

동도의 정상 길(2010)   동도의 정상 길(2010)

27

순직자 위령비(1980)

순직자 위령비(2010)

한국령 표석과 유인등대(2010)

등대와 통신탑(2010)

등대체험 외국인유학생

독도 조난 어민 위령비

측량 기준점

국가 기준점

방향 표지판

헬기장

월드컵 축구 기념컵

필자가 탄 고무보트

28

독도의 지질과 해식굴의 여러 모습

상부에서 내려 다 본 천장굴 1(화산 분화구 좌 : 1980, 우 : 2010)

동도 상부에서 내려다 본 천장굴 2(2010)

천장굴 입구(2010)

천장굴의 하늘(2010)　　　　　　　　　천장굴의 바닥 일부

29

탱크바위에서 본 얼굴바위(1980) 황혼에 물든 얼굴바위(1980) 2010년의 얼굴바위

탱크바위에서 본 얼굴바위(투구바위 2010)

독립문 바위(2009)　　　　　　　　　　　독립문 바위(2009)

30

독립문 바위(2010)　　　　　　독립문 바위 일출 무렵의 모습(2010)

독립문 바위와 한반도 바위, 천장굴 입구(2010)

한반도 바위의 모습(2009)

동도 정상의 무명바위(2010)

삭도와 해식굴(1980)

탱크바위(1980)

舊 선착장과 오름계단(2010)

악어바위(1980)

귀바위(1980)

31

헬기장 남단의 암석원(2010)

동도 유일의 몽돌밭(2010)

큰 숫돌바위(좌 : 1980)

선착장과 숫돌바위(2010)

숫돌바위와 부채바위(2010)

작은 숫돌바위(2010)

동키바위(좌)와 옛 삭도 정거장 자리(우 전)

32

파도가 몹시 치는 1980년 겨울 어느 날의 바다(후배가 촬영해 준 사진)

여러 곳에서 본 서도의 전경

동도에서 본 서도

어둠이 내리는 서도

선착장에서 본 서도   일출 무렵 동북쪽에서 본 서도

북쪽에서 본 서도

북·서쪽에서 본 서도

서·북쪽에서 본 서도

서쪽에서 본 서도

서·남쪽에서 본 서도

남·서쪽에서 본 서도

남쪽에서 본 서도

서도의 이모저모

서도의 어민숙소(1980년 당시, 주민 최종락씨)

서도의 어민숙소(주민 김성도씨 좌 : 2009, 우 : 2010. 08 현재 4층 건물 신축 중)

동쪽에서 본 코끼리 바위(공암)

서쪽에서 본 코끼리 바위(공암)와 보찰 바위

뚜꺼비 바위 자웅(좌 : 우, 우 : ♂)   (♂) 뚜꺼비 바위 앞 모습   (♂) 뚜꺼비 바위 뒷 모습

35

군함바위 부근의 몽돌밭(1)　　　　　　　뚜꺼비 바위(↑)와 몽돌밭(2)

물탕골(천장샘)과 주변 모습

물탕골의 몽돌밭(3)

가제굴(6·25 어민 희생자 동굴)　　　　　　탕건봉 하부의 동굴

서쪽에서 본 탕건봉(=촛대바위)　　북쪽에서 본 탕건봉　　동·남쪽에서 본 탕건봉

망부석(=권총바위) 부근의 몽돌밭(4)

독도의 몽돌밭의 돌들

서도의 단애(1)

서도의 단애(2)

37

서도의 단애(3)

서도의 정상 - 大韓峯

38

서도의 산마루(1)

서도의 산마루(2)

서도의 산마루(3)

군함바위(좌)와 단애

서도 어민숙소 뒤의 오르내림 계단

39

물탕골의 오르내림 계단

동 · 서도 해협의 촛대바위 = 탕건바위(좌), 권총바위 = 망부석(중), 삼형제 동굴바위(우) - 1980년

동 · 서도 해협의 촛대바위 = 탕건바위(좌), 권총바위 = 망부석(중), 삼형제 동굴바위(우) - 2010년

서도의 단애(3)

망부석(= 권총바위)의 여러 가지 모습들(1)

망부석(= 권총바위)의 여러 가지 모습들(2)

남쪽에서 본 삼형제 동굴바위

북쪽에서 본 삼형제 동굴바위

41

자라바위 = 장수바위, 또는 닭바위

부채바위(좌, 중 : 1980) 　　　　　　　　　　부채바위(우 : 2010)

가제바위(물개바위, 1980)

가제바위(물개바위, 2010)

독도 바다의 고기잡이

독도의 사계

동도의 봄   서도의 봄

동도의 여름   서도의 여름

동도의 가을   서도의 가을

43

동도의 적설(1980 겨울)

동도의 겨울(1980 겨울)

서도의 겨울(1980 겨울)

44

파도치는 독도의 겨울바다(1980)

독도의 일출 2010. 08. 19.

45

독도의 일몰 2010. 08. 18.

독도의 야경 2010. 08. 18.

독도의 생태 (독도에는 1300여종의 해양생물과 75종의 육상식물, 텃새 4종류를 포함한 37종의 조류가 서식)

괭이갈매기 알

괭이갈매기 중병아리

괭이갈매기 어미무리

괭이갈매기 번식기의 사랑 놀음(1980. 05.)

48

습새(1980)

백로(2010)

돌미역(1980)

해국(좌 · 중 : 1980, 우 : 2010)

나리꽃 군락(1980)

돈나물(1980)

큰 개미자리(1980)

민들레, 김의 털, 쑥(1980)

패랭이와 사철나

술패랭이, 김의 털(1980)

패랭이 꽃의 여러 모습

소리쟁이 군락(1980)

쑥(2010)

쇠비름(2010)

49

갯제비 쑥(2010)　　　　　　　　　이름 미상

갯메 꽃(1980)　　　갯장대(1980)　　　여러 가지 초본식물 군서(1980)

섬기린초(1980)　　번행초(2010)　　땅채송화(2010)　　털머위(1980)

김의털(2010)　　　까마중(2010)　　　달개비(2010)

명아주(2010)　　　박주가리(2010)　　　괭이밥(2010)

50

갯까치 수영(2010)

초롱꽃(2010)

피(2010)

풀귀리(2010)

도깨비 고사리(2010)

씀바귀(2010)

마디풀(2010)

억새군락(2010)

애기똥풀(2010)

바랭이(2010)

가새신냉이(2010)

쇠무릎(2010)

댕댕이 덩굴(2010)

소리쟁이, 패랭이 등 여러 식물들

이름 불상

동백(2010)

개머루 - 한줄기

보리수 나무(2010)

51

사철나무(2010)

섬괴불 나무의 꽃과 열매(좌 · 중 : 1980, 우 : 2010)

섬괴불 나무 군락(서도 2010)과 그 아래 새들의 서식 토굴들

52

서도의 산마루

독도 경비대 근무 당시 동도의 철다리(1980)

독도로 가는 날 도동항 선착장(2009년 5월 28일)

마침내 독도가 보인다(2009년 5월 28일)

독도 선착장에서 (2009년 5월 28일)　　　　　　　위문품 전달

독도에서 돌아 나오면서(2009년 5월 28일)

도동항 　　　　　　독도방문 동행자 서정원부부(2009년 8월 28일)　　　풍랑으로 울릉도에서 행사

우연히 만난 최찬환 교수　　　독도 아카데미 교육생 풍랑으로 독도행 불발, 도동항에서 행사(2010)

도동항에서 독도 아카데미 고창근 교수, 독도주민 김성도씨(우)와 1980년 당시를 이야기하다.

다시 찾은 독도에서의 사흘간

독도 등대체험 참가 외국인 유학생(중국 · 대만 · 폴란드)　　　　독도수호 미인들의 퍼포먼스

권주훈 기자와 함께　　　　서도산 기슭에서 일출 촬영을 마치고　　　　국민 강민석 기자

떠나는 날 - 독도 평화호 입항을 맞는 경비대원들　　　　독도 선착장의 독도 평화호

김한길과 최명길씨 가족, 김성도씨와 독도 방문(SBS 기획 촬영 겸)

55

독도 경비대원의 교대

◀경상북도 도의원일동 대형 태극기 앞세우고 독도선착장에서 기념촬영

◀경상북도 도의원들 독도수호의 결연한 의지를 담은 결의문 낭독 후 우렁찬 만세삼창!

◀경상북도 도의회 제242회 임시회 제1차 본회의 독도에서 개최

56

◀경북도의회 **변우정 의원**(필자의 동생) 독도수호 본회회의 참석 차 독도방문중 수비대 소대장과 함께

제2부
시(詩)
독도사랑

독도

뭍에서 머언 수평선 너머
해조음에 잠을 깬 단애의 돌섬

조국의 간장 끊어 닻을 매고
오천년 사직을 이은 초병의 늠름한 기세

여기, 가신님의 혼을 묻어
절해고도의 한을 지우나니

장한 막내 독도 나의 강토여!
의지하여 조국은 너를 믿는다.

- 1980년 6월 필자 지음 -

58   독도전경(2005. 10. 15)

제1장

독도에서
(1~64)

독도경비대 복무시절(1980년 6월)

독도에서 **1**

이제사 오랜 소망 이루어지려나.
그 지난한 기다림에
내 역사 머물기나 하듯이
할 말을 참으면서 피 흘려 기다렸거니
마침내 행운의 여신은 표연히 나타나
이렇게 나를 도운다.

다시금 새 삶을 예비하기 위하여
지난 날 내 죄 사함을 위하여
남은 날 내 인간 사랑함을 위하여
참 형극을 바란즉
이제야 순풍이 불어 호송선은 떠나누나.

알 수 없으나 아직은
인간이 머물러 죄를 뿌리지 않았고
시인이 머물러 사랑을 구가하지 않았으므로
나는 감히
나의 죄 사함과 이웃 사랑함을 위하여
동해의 동도 조국의 부상
천만년의 바위 굳어 장한 의지의 섬
독도를
내 기도의 땅으로 삼음이라.

독도를 향한 끝없는 마음같이
이웃 사랑함 끝없기를 바라는
내 마음 간절함이여!
간절한 내 마음이여!

독도에서 **2**

예 당도한 날이
시절 좋은 봄이라
만상이 회생하매
잊은 추억이 설핏하고
작은 바람이나
꿈을 이룰 듯도 해라.

봄은 내게 근심 깊어
슬픈 사연이 많고
가슴 아픈 기억도 흔치만
신록이 다 푸르러 감에
꿈을 부풀게 하기도 해라.

고향에는 지금
아카시아 꽃 만발한 향이
주인 잃은 밤을
시름겨워 할지나
나는 예서 꿈을 기를 만도 해라.

독도에서 **3**

단애의 외딴 섬
달빛마저 처량한데
독도고을 본관신선 이름이 무엇인가.
첫 대면의 마중 범절이 아쉽구나.

이 땅을 지키다 운명하신
선령들의 절규인가
천장굴을 돌아 나온 바람소리
한 번 상그랍다.

저승 못간 원혼들이
목 놓아 우는 건가
앙칼지게 한을 품고
밤새도록 바람은
그냥 항상 쌩쌩 인다.

독도에서 4

한반도의 동녘
심해의 무인도
문명이 없는 이곳에도
시간이 흐른다.

낮과 밤을 분명히
일백팔십타 괘종은 울고
해는 반드시 남녘을 지난다.

황혼이 지는 지금
나는 내 설 수 있는 땅의
가장 동단에 서 있고

석양은
눈앞의 서도를 넘어
어딘가에 있는
그리운 고향의 품속으로 진다.

독도에서 **5**

독도의
밤과 낮은
바람과 파도의
일색이다.

가끔은 햇살처럼
비가 내리고
구름도 꽃같이
몽시랍게 핀다.

바람 부는 날이면
멋이 충만한 행글라이더처럼
점잖게 까닥이며
갈매기는 더 신나게 난다.

파도가 치는 황혼이면
나의 온 가슴속은
아지 못할 흥분으로 들끓는다.
사랑한 임은 어디론가
가고 없는데도

독도에서 **6**

단애의 고도
독도의 돌을 갈아
술잔을 빚은 후에
뉘와 더불어 밤낮
이 잔을 비워 낼까.

만백년을
홀로 살 몸인들
외롭지도 않은데
하물며 뉘를 청해
이속의 거룩함을 누추히 하겠는가.

섬새야 보건말건
가파른 계단 길을
오르고 내리며 한 잔
쉬어 가며 또 한 잔
온갖 영화를
내 모르고 살으리라.

독도에서 7

부처지나 절해고도에
헤어진 임도 오시고
더없이 미운 앙숙도 오시고
이름 모를 이방인도 오시고
함께 살아 친하던
모든 이웃도 오소서.

나직한 소라의 속삭임과
가락 둔한 해조음에
장단을 맞추어
예서 한 잔 더불으면
우리 모두 상통하림을

잔치가 따로 있소.
서로 모여 가무하며
적막을 깨치고
미움 씻고 오해 풀면
가락 절로 흥겨운
향연인 것을

독도에서 **8**

태어나서 처음 맞는
참으로 찬란한 독도의 황혼은
찬란이 무엇인지를
진정 알게 함이라.

섬장대 흰 꽃밭, 소리쟁이 푸른 풀밭
산빛, 돌빛 바다까지 어울어
황혼빛 일색으로
참한 섬의 모습은 서럽도록 곱구나.

아!
누구의 부는 하모니카
애절한 가락도
산들바람 짙은 향에 흩날린다.

황혼도 미련인가
영원 속을 사라져 간다.
나의 눈엔 어느 샌가
눈물이 흐른다.

독도에서 **9**

쾌적한 날보다
다소 설풋한 날에
되레 마음 차분하여
예서도 가까이
고향 하늘이 보인다.

황혼에 보이는
울릉이나 볼까.
신기루같이 떠 있는
울릉의 모습은
인간세상의 실루엣

고향산천 보다도
이웃이 그립다
사랑이 그립다.

독도에서 **10**

슬픈 오늘 밤 근심의 별은
여기에서도
같은 모양으로 빛나고
달도 그 날짜에
그 형색으로 뜨고 진다.

다만
맑은 샘물이 없고
무성한 나무가 없고
바다에서 바다로
일월이 뜨고 지는 것이 달라.

단애의 돌섬으로
없는 것이 많고
있는 것이 적어
구태여 보탤 무엇도 없는데
갈매기만 외로운 밤을 슬퍼한다.

쓸쓸한 오늘밤
여기의 별은
고향의 하늘보다
갑절이나 많다.

독도에서 **11**

임은 무엇을 할까.
오늘도
어느 하늘 아래서
나그네로 먼 길을
헤매고 있을까.

태종대 바다를 둘러보고
토함산을 거쳐
강릉에서 하룻밤을 조용히 쉬고
굳이 나를 외면한 채로
설악으로 떠나는 걸까.

임은 무엇을 할까.
해 저무는 지금
연기 풀어 밥을 짓고
산채로 찬을 지어
그의 상을 차릴까.

이제
임은 낙랑공주 아니니
그의 임을 위한
새로운 채비를 할까.
새삼 무엇이 궁금한가.

독도에서 **12**

부표처럼
겨우 떠 있는
여기,
좁고 평탄한 자리 없는
돌섬에서
나의 기도는
끝이 없어라.

임은
어디에서
풀잎 갓을
네 개나 지어 쓰고
이 꿈 같은 봄밤을 새는지
지새고 있는지
알 수가 없어라.

독도에서 **13**

파도가 자는 날
외로이 암각에 올라
그리움에 소리쳐
그의 이름을 부르노라.

부른 이름의
목 메인 메아리조차
돌아오지를 않는다.

바다는 이전같이
텅 -
비어만 있다.

독도에서 **14**

여기에서 조차 완전한
이속을 못하여
낡은 규제와 인습이
뼈아픈 실제다.

그럼 어디에서
홀연히
인세를 떠날까.

무명의 하루만 있어
밝은 낮에도 분다운 거리가 없고
밤은 밤대로 여백만 남아
생각이 고집대로 걸어도
인습의 밧줄로 묶는 이 없는
신천지는 어디에 있나.

고행의 몸이 되랴.
또 한 번
영어의 몸이 되랴.
다시 한 번
참회와 기도의 길은
아득하기만 하다.

독도에서 **15**

나- 미치고
너, 미쳐라.
우린 모두
모두에 미쳐나 보자.

미침은
쾌락보다
투쟁보다
능히 훌륭한 정열이다.

정열적으로
우린 모두
모두에 미쳐나 보자.

바람아
불어라.

파도야
더욱 쳐라.

배신아
떠내려가라.

배신은 세상 중에
있을 것이 아니로다.

독도에서 **17**

운무 끼쳐 뿌연 바다는
야마처럼 뛰어 놀고
암도는 넘치는 파도를
단숨에 가른다.

물가에 이는
거품은
이윽고 피는
고독의
슬픈 쪼가리가 된다.

독도에서 **18**

파도는 세상사
인생은 물거품
사랑은
그 위를 스치는
한 줄기 바람인 것을

그리고 바위는
추억,
분명하고도 아스라한
추억이 된다.

독도에서 **19**

세상은 바다와 같다.

바람은 정치요
물거품은 경제
파도는 사회로
바위는 문화가 된다.

세상은 이같이 시련하고
끊임없는 도전에
방비를 굳게 한다.

혼음 속의 병든 세상은
찌든 영혼을
쉬게 하지 못한다.

그러나
독도의 바다는
나를 능히 쉬게 한다.

파도와 비바람은
간 밤새 울었다.
어인 한이 그리도 슬플까.

오늘 낮도 종일을
호곡도 이만하면
끝이 날 텐데.

파도 부서져 눈물 같은
물방울은 섬 하늘에 무수히 날고
바람은 잠시도 쉬지를 않는다.

무한으로 날던
갈매기는 보이지를 않고
겁에 질린 마음만
풀잎 쓰러지듯
자꾸만 자꾸만 누워 버린다.

물 위에도 땅 위에도
운무가 흐르는 틈 사이를
이즘(ISM)들이 원혼처럼 떠돈다.
주인 없는 시간처럼
그리고는 다시 스러져 눕는다.

독도에서 **21**

바윗돌을 타고
기어오르는 파도의
꿈은
시지프스의 운명

부서지는 하이얀 꿈은
부서지는 하아얀 물거품
기어오르는 파아란 꿈은
기어오르는 파아란 물결

하지만
둘 다의 꿈은
꿈같이
헛될 뿐이다.

이웃의 생활을 모르듯
나는 바다를 모른다.

상식조차도 못 깨친
나는 바다에 관해서
아는 것이 없다.

다만 아는 것은
피상적인 것
본질에 대해서는
더욱 모른다.

그러나 바다는
가장 좋은 나의 친구.

바다는
앙금같이 응어리진
가슴 깊은 곳의 그 무엇까지도
씻어 가 준다.

독도에서 **23**

어쩌다 부는 바람
잔물결 일렁임에도
해초들은 일어나
온갖 위난을 예비한다.

비록 의미 없는
몸짓이 될지라도
차마 무심하지 못하여
부지런한 활동인지 모른다.

오늘도 바다는 부산하다.
거품을 물고
내뱉는 파문의 독이
여하튼 심상치 아니하다.
밤엔 부디 파도가 잠들기를 !

하지만 오히려
예비 없는 나의 가슴이
더 후련하다.

한가한 날 살펴 본
독도 바다의 경치는

군수의 무리
따개비의 떼서리
보찰의 개락비까리

석화의 뻐김
불가사리의 거만
성게의 표독

말미잘의 옹졸
꽃게들의 옆걸음질
문어의 한가한 외출

고동의 수다스러운 독백
소라의 속삭임
조가비의 루머

미역과 대왕의 키재기
해초들의 조용한 몸가짐
물결의 부질없는 흥청거림

그들도 하나의 세상
하나의 사회를 가지고 있었다.

독도에서 **25**

일없는 날
물가에 들어
시름 잊고 돌미역 치자니
웬일로 하늘조차 무겁다.
그러나 금새
비가 올 것 같지는 않았다.

아니었다.
바다의 시샘은 대단하여
이윽고 비가 내리고
파도는 거칠어
좀 더 거부하며
고집을 부리지 못한 채로
나는 순순히 거처로 돌아왔다.

그때 귀 얇아
임을 버리던 모양으로
나의 뜻과는 크게 상관치 못하고
세상이 변해 버린 것처럼
빗속의 물귀신이 되어 버렸다.

물레를 넘어 오르는
그물 끝에
온갖 고기들
포로 잡혀 오른다.

그중에서 쥐치의
작은 지느러미는
생명의 끝장에서
공명처럼 떤다.

목마름이 진한
선상의 침통함이
그들의 수난 같은
마지막 자유였다.

독도에서 **27**

독도엔 뭍에처럼
토끼도 많아라.

아득히도 머언 날엔
동해 용궁을 다녀 와
이 터에 자리 잡은
지혜의 후예들

이제는
외로움 잊어가며
풀섶에서 한가히
사랑 놀음 하는 양이
오! 내 보기엔
비할 데 없는 부러움이어라.

토끼도 지조 굳어
포로 됨을
자결로 바꾼다.

섬에서 토끼몰이는
흔히 우리게
헛된 수고가 된다.

닭 쫓던 개 먼 지붕 보듯
벼랑을 내려다보는
몰이꾼들의 군집된 허탈감만
빙그르 낮은 하늘을 맴돈다.

현대인의 지조는
토끼의 죽음처럼
자결하지 않는다.

지조의 상실은
일상이 되고 있다.

독도에서 **29**

갈매기는 훌륭한 비행사
그러나 그는 바람둥이.

나는 끈질긴 설득자
그러나 나는 배신자.

우리 둘은
하나의 장점에 버금될
이면의 결점을 갖고 있다.

사랑은,
사랑은 단점까지도 선택한다.
하여 진정 사랑은
장점뿐이라 했던가.

독도에서 **30**

갈매기는
여러 가지 초성으로 운다.

동지섣달 팔려온 강아지
눈바람 치는 날 밤
우는 소리로

잘 놀던 어린아이
까닭 없이
보채는 소리로

죽은 혼백의
원한 같은
기인 탄식으로

그러나 갈매기는
나의 애곡처럼
울지를 못한다.

독도에서 **31**

바다가 자는 날이면
맑아서 흰 초성의
갈매기 합창은 유쾌하다.

해조음 거친 저녁이면
그들의 노래도
더불어 G선의 화음이 된다.

고요한 적막을 깨고
고동 울리며
배 스치는 날 밤에는
난 소리쳐 묻는다.
미운 자도 잘 있는지.

외로운 등대는
풀섶의 개똥불처럼 빛나고
근해의 어선들은 사방 바쁜데

일 없는 나만 홀로
이슬 내리는 풀밭에서
한가하다.

갈매기의 사랑터는
단애의 벼랑턱
방해자가 없으므로
좋은 자리를 잡은 셈이다.

- 좋은 선택 -

갈매기의 애무는 요란하다.
서로의 아구지를 물고
둘뿐인 날개를 잔뜩 펴고
전력을 다하여
당기다간 동시에 떨어져 날아오른다.
혓바닥이 뽑혔을지도 모를 일이다.

- 힘찬 정열 -

갈매기의 정사는 광란이다.
다른 새들이 그렇듯
딛고 올라서 그녀를 발아래
그러나 시간이 더 오래다.

둘은 잔홍의 깃털을 떨고 있다.
- **깊은 만족** -

그녀가 오지랖을 채 여미기도 전에
사내놈은 날아가 버린다.
날다가 딴 년을 만난
그 놈은
딴전을 피우고 있다.
놈의 절개는 끓는 죽이다.

- **못 믿을 정절** -

영원함은 없는가.
세상에
오-랜 사랑
끝없는 행복
영원함은 없는가.
우리에게.

- **끝없는 갈망** -

비바람 몹시 치는 날
운무는 백발처럼 흩날리고
백구는 갈 곳도 없이
회공천리(灰空千里)를 난다.

파도는 뿌옇게 창백하고
바람은 온종일 불어 지치고
큰 하늘은 피곤한 듯 무겁게 드러누워
온 도해를 짓이긴다.

끝없을 듯한 공포에
마음은 지루하고
갈매기의 분위기 맞는 괴성은
초상집 주변 같은 환경을 이룬다.

죽음인 듯
나는,
할 말을 잃었다.

독도에서 **34**

온종일을
파도와 씨름하다
문득 삼형제바위 봄에
뭍에 두고 온
부모 형제 이웃이
모두 그립다.

그리움은
사랑의 운율,

그렇다
이제는 나도 진정
사랑을 깨치노라.

독도에서 **35**

물가에 떨어져 선
둥그만 바위 곧 귀바위
밤낮으로 귀 밝아
천년을 넘어 섞인
바다의 혼음을 가린다.

온갖 해물의 분다운 소리
기쁨은 기쁨대로
슬픔은 슬픔대로
마음에 느끼는 소리
소리의 무엇 무엇까지도.

하여, 나는 너에게
굳이 흐느낌의 의미를
말하지 않는다.
소리 내지 않는다.

독도에서 **36**

독도의 가제바위
예전대로
물개는 오지 않아
전설처럼
쓸쓸히 남은 자리엔
하늘만 높아 있고
간혹으로 외로움에 몸살지듯
물결이 넘어 친다.

고독을 휩싸고 도는
바람,
바람 맴도는 물결 위엔
혼혼(昏昏)한 나의 추억이 떠내려가고
떠내려가다 물 젖은 추억은
잿빛으로 명암이 흐리다.

지금 여기엔
희망찬 보랏빛 거리가 없고
환상의 무지갯빛 꿈조차 없는데
외로움이 무언지 사랑이 그립다.

독도에서 **37**

동도의 독립문 바위
개선의 뜻을 이어
때마다 보내나니
함지로 가는 해를

무명의
아득한 천지에
버려진 햇살 거두어
만년의 해원을 초병같이 지키다.

아!
무심한 세월에도 오만을 멈추고
스쳐가는 풍상마다
시비하지 않거든

너의 개선은
오랜 인내였다.
피 흘린 투쟁보다
참아 견딘 극복이었다.

독도에서 **38**

미움을 삼킬거나
악어바위
사랑을 삼킬거나
악어바위

밤낮으로 벌린 입에
인세의 미움과
사랑이 가득해라.

그러나 네 삼킨 입안의
미움과 사랑은
내 바라지 못할
소망 같은 아름다움

미움도 한낱 사랑으로
사람의 일이면
너 또한 내
머릿속 솟아나는 미움의 눈물을
가슴 속 식어가는 사랑의 피를
풀잎의 이슬같이 받아 삼키라.

독도의 꼬부랑길
오가는 길섶에는
마땅찮음이 무엇인지
어제 성하던 새
새들의 주검이 자주 있다.

웬일로
외로운 한 마리
비둘기 날으는 아래
슬피 우는 슴새들
작은 무리가 장사진이다.

생명의 땅에
일상적인 죽음과 이별을
우리 슬퍼함이
오히려 슬픔인가.

내 삶의 끝도
알 수가 없음이다.

독도에서 **40**

영시를 넘은
독도의 검은 밤이
짙은 비에 젖는다.

그러나 오래지 않아
바람과 함께 비가 멎고
침묵보다도 밤이
고요하여
촛불 타는 소리만 남는다.

이윽고
나의 영욕과
삶의 온갖 기억들이
고요의 무게로 하여금
앙금처럼 갈앉고
촛물같이 녹아내린다.

내 죄를 헤이면
청천의 밤,
별의 수만큼이나 많아라.

물가에
멋대로 솟은 바위섬처럼
이름 못다 지을 아픔도 많아라.

단애의 위태로움 딛고서
휘어이 휘이
날려도 가시지 않는
아픔과 죄의 잔사를 챙겨
기름진 거름으로 하여
후일 새 집의 뜨락에
사랑의 꽃 길러 가꾸리라.

독도에서 **42**

어제 자던 파도의 소란은
다시금 일고
하늘은 흐려서 음울한데
갈매기조차 보채어 운다.

물만큼 많은 사념을 씻고자
바다를 내려다보며
마음을 정히 함에
불현듯 망부석이 나를 굽어
소상히도 묻는다.

고향산천이 그리운가.
다정한 이웃
그리고 옛사람이 또한
그리운가 묻는다.

바람 거세어서
포효하는 범처럼 불고
밤바다는 웅크려
오랜 시각을 울어 예고
하현달 늦돋아
까아맣게 어두움 짙은
가슴 너른 밤하늘이 두렵다.

별빛은 살처럼 날아오다
한 바람에 꺾이우고
낮에 울던 새 울음은
더 자주 들리어 온다.

외로운 고도에까지
굳이 이 밤에 전해 올 소식도 없건마는
그리움 간절한 마음 알아서인지
바람은 자꾸만 자꾸만
뭍의 향기 전해 온다.

독도에서 **44**

그리워라
그리워라
세정(世情)이 그리워라.

영어의 몸인지라
그립단 생각일랑
아예 말 일인데.

어쩌다가 한 번씩
간절한 아우성 같은
갈매기 우는 소리에

아!
파도처럼 솟구쳐 인다.
나의 그리움이

아!
물기둥같이 일어난다.
아스라한 추억이

그리고는
한 가슴은
조용한 침묵의 수평선이 되었다.

나, 후일
한 사람 임을 만나
씨 뿌려 사랑을 가꾸거든
주야로 김을 매고
조석으로 거름을 넣어
추호도 낙엽 지는
가을을 없게 하리라.

언제나 봄만 있어
푸른 여름을 예비하고
꽃다운 향기를 울안에 가득히
또 다른 유혹에는
눈귀를 멀게 하여
황혼에서 여명까지
어둠이 없는 계절을 만들리라.

내 뭍으로 돌아가
어느 날에
아내를 만나고
연분의 피를 섞어
아희를 길러낼 제
생명이 다하는 날까지
오직 하나
사랑으로 하리라.

부질없는 욕망을 모두 버리고
지금 우는 갈매기 울음도 바다에 두듯
서편 산기슭에 둥지를 틀어
봄날의 황혼마다
푸른 솔숲을 날으며
지저귀는 새들의 애가야
무심히 들어도 좋아라.

나는 산밭 일구어
씨를 뿌리고
비바람 햇살에 의지를 다해
거둘 보람이 땀과 같지 못하여도
죽음에 이름까지
오직 하나
지성으로 하리라.

태고만년에 이끼 낀 바위마다
작은 하늘이 더욱 푸르고
비 그친 저녁바다의
서럽도록 찬란한 황금빛 노을은
옛 임의 눈웃음처럼 고이 피어서 탄다.

내 돌아갈 날 언제인가.
부모형제
친구 이웃
모두가 그립다.

삼봉도 단애의 기슭마다
갈매기 우는 밤낮이
다시 그리울지라도
외롭게 너를 두고 돌아가련다.

황금빛 노을이
다음을 위해 걷히우듯
지워지는 그리움 뒤에
새 그리움 돋을지라도
본시대로 너를 두고
아득히 돌아가련다.

독도에서 **48**

간밤의 꿈이
꿈답지 않아
불길한 것을
자고나니 걱정이다.

숱한 꿈들이
다 헛꿈으로
아침 햇살에 내몰리고 말지만
무심중에 어쩌다가 꾼
고향의 꿈은
신통한 예감처럼 틀리지를 못했는데

지척이라도 천리 같은 이별
그러나 천리보다 더 먼 길에 갈리운
오래지 않은 그새라도
안녕이 병들지 아니하기를
바라는 마음 종일 간절하다.

내 돌아가는 날
그날,
그날까지라도

파도를 지나는
바람을 타고
고도에 온
正이의 편지

"형님
어떻소."

"그래
나는 좋아."

우리
모두 좋아야지.

독도에서 **50**

산이 무너지듯
울이 쓰러지듯
마냥 부서져 내리는
슬픈 가슴이여!

어느 결에 돌아 온 열두 해
어머니 기일
물길 천리 멀어서만도 아닌
뜨거운 눈물이 이슬처럼 송송이고

해 돋는 나라, 독도
아득한 천해에
별만큼 가득한 슬픔이여!

정화수 한 그릇
합장한 기도에
어머니!
연옥을 면하소서.
못난 아들의 장한 간구이어요.

이제는
슬픔을 잊으리다.
눈물까지도

태음 오월 보름
달빛은 사금처럼 반짝이며
물위를 흐른다.

부지런한 물결은 쉬임없이
해조음을 노래하고
아우성처럼 들리는 외마디
백구성을 제하면
소란이 없는 외딴섬,
독도의 고독이여!

이제 돌아갈 날도
오래지 않거든
그리움이 무엇인가.

그리움이 향수를 깃들이고
암각처럼 우뚝 솟는데
나도 노스텔지어의 손수건
흔들어야만 하는가.

독도에서 **52**

유월의 여름은
녹음방초의 시절
녹음은 어디 가고
방초만 있는가.

올 적에
한 뼘도 못되던 소리쟁이
어느 결에 키만큼 자라
쫑이 나고
열음을 예비한다.

따사로운 유월 햇살 아래
꿈은 초향과 어우러지고
나는 외로운 한 마리
풀밭의 멍한 사슴이 된다.

아 !
고도의 갈망이
다 이 같으랴.
독도의 푸른 꿈이 애닯다.

어제 곱던 꽃은 지고
새로이 꽃이 피는
오가며 정든 구석구석
노을 고운 단애의 섬

오늘, 예서
고향이 그리운 일처럼
후일 고향에서
이 땅이 그립걸랑
그때마다 동천을 바라
독도가 잘 있는
꿈이나 꾸어야지.

죽는 날까지
예순나흘간 부처지의
참회와 사랑의 뜻을
더욱 지극히

독도가 잘 있는
꿈이나 꾸어야지.
기도하는 마음으로

독도에서 **54**

독도엔 위령비가
세 개나 있어
둘은 모르되
하나는 낯익은 이름으로
생전의 그 모습이 눈에 선하다.

언제나 싱글벙글
다정하던 얼굴이
차마 천년을 바랐을까.
어느덧 어느 결에 이곳의 돌이 되어
끝없는 바다 위한 초병이 되었는가.

거치른 바람 늘 불어 노심타가
어쩌다 한 번 바람이 자면
주야로 일던 근심을 접고
해오라비, 갈매기 깨끗한 외톨이나 무리들의
잦은 방문을 다 맞는가.

아! 그대는 고도의 진혼
단애의 큰 별이 되어
이 땅의 평화를
지금의 자유를
부디 영원케 하시라.

자 !
바다여 돌아가 보자.
누가 우리를 반기는지
그런 것은 생각을 말고
원시적인 모습으로
돌아가 보자.

고향도 이제는 예전과 달라
등잔불 까막밤 다듬이질 소리도 가고
무명치마 눈물로 썩히던 각시도 가고
하이힐에 양장을 입던
나의 임도 가시었다.

모두가 떠나고 없는
고향이지만
바다여 -
우리 돌아가 보자.
변하여도 고향은
고향일 수밖에

독도에서 **56**

바다의 시샘은
한 같은 몸부림
번개가 번뜩이고
천둥은 울어
마침내 수평선이 무너지고
비가 하염없이 앞을 가린다.

삼봉도 제일봉엔
일광처럼 운무가 내리고
벼락 맞은 바다는
검을 대로 검고
바람은 그 위를 날아
살 같은 빗발을 안고 온다.

이별을 말리는 정도
이와 같으면
차마 돌아가지 못함처럼
임을 보내지 못할진대
손꼽아 기다릴 임은

늦가을 나비처럼 멀어져 갔다.

기다리는 임이 없어도
이제는 가야 한다.
다시 속중으로
그러나 어쩌면
굳이 돌아가야 할 까닭도 없다.

독도에서 **57**

수복을 벗고 나니
선인이 되었는 듯
마음은 새처럼
하늘을 난다.

명일이면 돌아간다.
정을 두고 미련까지
석별의 채비를 다 한 몸이나
마지막 고도의 밤이
헤갈프다.

바램은 어디에 있는가.
여운 속에 있는가.
기어이 너를 두고
홀연히 돌아간다.

그토록 거칠던 바다도
이별의 뜻을 알아
갈 사람 가야지
침묵을 예비한다.

독도에서 58

내 돌아가는 날 아침
다리 저는 비둘기 한 마리
샘터까지 왔다.

그는 몇 모금의 물로
갈증을 풀려고 한다.
경계하며 조심스럽게
나를 보면서

끝내
그의 갈증은
가시지 않는 모양이다.

그냥 돌아 온 나의 생각은
그가 마치
임의 화신일거라 싶었다.

언제인가
그는 떠나고 없었다.

독도에서 **59**

간다.
간다.
나는 간다.
너를 두고 나는 간다.

마음 가고 몸도 가고
깊은 정, 남긴 발자국
독도 만년에
이름 없는 꽃으로 피어라.

전마선 타고 돌며
노닐던 물길마다
해초는 소망처럼
길게 자라고

가끔 그리고 여러 번씩
그리움 진할 적마다
소리친 아우성은
갈매기 나래 끝에 메아리 져

쪽빛 고운 하늘이 되어라.

생명의 한 자락
꿈같은 귀양살이,
동남 육백오십 계단
오르고 내리며
내뿜은 숨결은
참회와 사랑의
끝없는 향기 되어라.

독도에서 **60**

동해 쪽빛 바다
고운 님 버려두고
이제 가면 언제 오랴
꿈만 같아라.

차마 또 두 번 다시
바랄 리도 없건마는
영어생활 육십사주야
동서도 굽이굽이
정만 깊어라.

독도여
피난처여
나의 꿈이여!
인사를 하려무나.
떠나는 나에게
"가소서 님이시여
행복 하소서."

이윽고 배는 떠나
기왕 왔던 길을 다시금 가노라.
백구도 슬피 날고 해수도 울음 운다.

전마선아 잘 있거라.
뗏마장도 무사히
야심을 분출하던 천장굴은 말이 없다.

함선은 깝치는데
이 곳 저 곳,
온 사방 인사는 해야 하고
손들어 작별한다.
깃발 같은 손수건
눈물에 다 젖는다.
슬픔이 아니로다.

스스로 영어의 몸이던 나-,
자유의 몸으로

헤진 상처 아물어서
기쁘게 돌아간다.

뉘라서 이 기쁨을
짐작인들 할 거나.
고마운 피난처
해 뜨는 삼봉도
아득히도 멀어진다.
점 같은 부상
돌아 다시 못 올 이별이 된다 해도
능히 족한 꿈의 성지
독도여 - 안녕!

서도 상상봉
그 아래 촛대암
이름처럼 등대같이
늦도록 보이고
그러다간 어느 결에
신기루로 부상한 단애,

점점 멀어져
점같이 보이다가
마침내 사라진 독도-

아!
꿈같은 고도에서
영어의 몸 두 달
돌아가면 풀자꾸나.
이 시원함 같이
미웁던 이웃들과 속된 감정을

당신도 우리게
만나와 함께
용서와 사랑을 내리셨음이다.

독도에서 **63**

창망한 물굽이 파도를 목하에
반도의 품에 안겨 천만 년
해돋이에서 또 해돋이까지
심해의 한 가운데서
지난한 세월 지낸
어린 뜻 장하여라.

단애의 섬, 절해고도
독도는 언제나 조국의 등대
뭍을 기리는
고운 마음 변치를 않는다.

도해의 햇살 아래
늘 염풍이 불고
하여, 거친 땅 위라도
남빛 분홍 패랭이꽃
나리 나리 섬말나리
해원의 노을 꽃만큼
고웁게 곱게 무궁히 핀다.

동서도 둘레돌아 가는 곳마다
암도란 암도 솟은 모양마다
깊은 정 심은 눈길 알알이 머금은
꿈에도 못 잊을 나의 강토여!
겨레는, 너를 위한다.

독도에서 **64**

못 잊겠네.
못 잊겠네.
점 같은 심해 고도

못 잊겠네.
못 잊겠네.
동해의 동도, 조국의 부상

못 잊겠네.
못 잊겠네.
내 참회와 사랑과 기도의 성지

영원히 못 잊겠네.
독도여 -
님이시여!
끝날까지 영원 하소서.

제2장

독도야
잘 있느냐
(1~29)

독도야 잘 있느냐 **1**

독도야
잘 있느냐.

스스로 영어의 몸이 되어
너와 더불어 지내며
청춘의 꿈을 가꾸던 때도
어느 덧에
스물여덟 해가 지났구나.

이따금씩
텔레비전을 통해
변한 네 모습을 보기도 하고
소식을 전해 듣기도 하지만

언제 다시
찾아 가보나
마음만 간절할 뿐
행동의 길은 아득했다.

세속으로 돌아와
너와의 약속대로 뜻 높게 살렸더니

마음 굳지 못하고 유혹에 약하여
나는 언제나
죄의 사슬에서 벗어나지 못하였다.

다시 한번
영어의 몸되어야 그 뜻을 이루려나.

하마 나도 이제는 장년으로
옛 같으면 노인의 반열이라

비록 시대가 좋아 오래 산다 하여도
다시 너의 품으로 돌아가
여유로울 수 있을까.

아 -
독도여,
나의 의지여!

독도야 잘 있느냐 **3**

수시로 고향 찾아
앞동산마루의 농옥에서
홀로 밤을 지내건만
무자년 정월 초열흘 밤은
뜻밖으로 외롭다.

차디찬 밤하늘의 달빛이
파리하게 밝은데도
성성한 별들이
어찌나 더 밝은 빛을 내리는지
곧 쏟아져 내게로 다가올 것만 같으다.

고요함이 적막을 더하는데
팔십년 그 해
오월 어느 날 밤
흐드러지게 달 밝고
별 쏟아지던 그날 밤 같다.

묘한 고독감을 느끼며
외로움에 눈물짓던 후배
그 모습과 함께
떠오르는 독도
네 모습을 그려 본다.

독도야 잘 있느냐 **4**

유정한 동서도
무심한 심해
물탕골, 천장굴
모두 다 잘 있는지.
삼형제동굴바위, 촛대바위
가제바위, 자라바위 그리고 권총바위
얼굴바위, 독립문바위, 바위 - 바위들

이제는 식구도 늘고
막사도 장비도 선착장도 새 단장하고
수백만년 역사를 새로 쓰는
의젓한 네 모습을 보고자
뭇사람들이 오가는데

너를 지극히 사랑한
나는 무엇 하느라
발이 묶인 채로
다만 그리워만 하고 있는가.

독도야 잘 있느냐 **5**

갈매기 무리는
괭이갈매기
섬새, 바닷새 새의 무리들
날마다
울고 날으고 노래하며
불철주야 지키는
동해의 독도는 조국의 부상.

비탈진 언덕마다 풀숲에
지천으로 낳아진 갈매기 알들
그때도 그 꿈은
숭고한 탄생이었다.

토선생 가족도
이제는
식구를 늘렸는지
아니면
멸족하고 말았는지
궁금하다 생각하니 더욱 궁금타.

전마선 노를 저어도
다가갈 수 없던
단애!

차라리
섬 그늘 구비구비를
넘나들며 노닐던 자리
지금도 변함없이 전해 오는지.

보고 져라.
보고 싶다.
보고 싶어라.

너무나 오랜 세월
흘러 흘러서
이제는 돌아가도
낯선 만남이려나.

마음이야
한 번 맺은 인연
백년이로다.

천만년을 지켜온
동해의 독립문바위
조국의 첫 관문 아니던가.

의젓하게 조국을
여전히 지키는데
늘 객지에서 살아온 몸이어도
더 큰 이룸을 위해
나 이제 고향터전을
홀쩍 떠나보고자 한다.

지난 날,
나 홀로 섬에서
독립문바위 뜻을 헤아렸고
고향의 가지가지 어려운
사연도 헤아렸거늘
장년에 이르러
고향터전을 떠나려 하니
인생이 무상하다.

터전을 옮기는 일이
잘 하고 못한 것인지는
후일에나 평가 될 일

여하튼 장년의 꿈을
펼치고자 하는 맘이
조급한 실행을 재촉하지만
세금이 만만치 아니하여
낭패가 될 수 있다.

고질병 같은
나의 조급함을 알기에
스스로 다지건대
아버지 생전을 생각하며
서두르지 말고 출로하면
무리함이 없으리라.

독도야 잘 있느냐 **9**

참으로 간사한 것이
사람의 마음인 줄
미처 아는 바이지만
지금 내게 새삼 새롭다.

그렇게도 애지중지
가꾸던 터전인데
떠나겠다고 마음 정하니
애정이 싹 식어서
애틋하고 열렬하던 그 정
언젠가싶게 돌아선다.

독도에서 기른
순수한 마음
어디로 가고
이다지도 세속에 물들어
천박하게 되었는지
가다듬어 바로잡을 길이 아득하다.

텔레비전에 비쳐오는
서도와 삼형제동굴바위
그 모습 완연한 옛 대로인데
내 인생 지천명을 넘어도
짜증과 피곤함이 주야로 엄습한다.

웬만하면 참기도 하련만
수신제가는 낯선 말
언제나 생속으로 성격조차 팔팔하니
마음은 늘 가시밭길이다.
죽기 전에 이 병을 고칠 수가 있으려나.

가지 많은 나무에
바람 잘 날 없다 해도
분별없이 저 잘난 사람들에게
언제나 몸 낮추고 아량 넓혀
씻은 듯 묻어주기란 쉽지가 않다.

그러나
독도의 바다는 언제나
나의 모든 갈등을 삭혀주곤 했었는데
하늘같고 바다 같던 아버지 아니 계심에
나의 인생사도 편치 아니하다.

왜국의 노략질버릇
일본이 되어서도
그치지 아니하여
대마도를 삼키고도
독도까지 넘어다봄에
우리 사람들의 분노가 노도와 같다.

그러나 그 분노
왜국을 향하지 않고
자국 대통령 책망하는 것에 있으니
과연 그들이 뉘 나라 백성인지
진정 알 수가 없다.

잘난 그들
전쟁이 나면
총구 되돌려
자국민을 쏠까 심히 두렵다.

일인은 국익 앞에
이유가 없다.
당파도 이념도 주장도
다 침잠하거늘

철없이 절규하며
질러대는 아우성과
그들의 행동거지가
다 이적의 행위로다.

동방예의지국은 옛말
충효교육이 없는 나라 되어
어른도 지도자도 스승도 없는
사회가 되었으니

나라가 망하지 않는다고 해도
진정 앞날이 걱정이다.

독도의 동도
독립문 바위 위에
한반도 지도가
확연하게 있으니
자연의 우연함치고는
너무나 경이롭지 아니한가.

우연함이 아니라
하늘이 빚어준 필연
조국의 부상으로
그 스스로의
사명을 지고 태어났음이라.

그러므로 시비할 명분 없이
누가 뭐래도
독도는 분명
우리 땅!

누가 감히
독도를
앗으려 함인가.

행여
그 장난이 도가 넘치면
피로 대가를 지불하더라도
반드시 지켜야 할 우리 강토.

더 이상 분쟁을
두려워 할 일 아니니
우리의 수호적, 방어적
모든 조치와 수단을
강하고도 폭넓게
지속적으로 이어가야 함이로다.

내 돌아올 적에
독도의 토양과 문양석 몇 점
그리고 많은 사진을 박아와
반평생 이르도록 펼쳐두고서
분신처럼 기리는 마음
그치지 않고 지켜 왔도다.

왜국 일본은 그렇다 치더라도
무슨 일로
미국이 일본을 펀드는지 기가 막힌다.

소련에 속지 말고
미국을 믿지 말라고 하더니
그 말이 참인가.

우방, 맹방하며
냉전바다를 도항하던
한미의 지난 세월이 무색해지려나.

날마다 독도이야기
전에 없이 심각하게 지면에 떠오르는데
일본과 미국에 대항할 준비는 미루고
일부 사람들 오히려 아국을 한탄하며
안으로 헐뜯는 꼴이 내전을 방불케 한다.

이러고도 이 나라가
오천년 종묘사직을 이은 것은
의연하게 나라 지키는
민족의 뜨거운 용병들 얼마가 있었음이다.

그들은
파도 헤치며 동해 지키는 독도처럼
백두대간을 타고 내리는
태백의 정기 머금으며
적지만 의연하게
말없이 행동하는 나라지킴이시다.

절해고도 단애의 섬
지금은 그 모습
많이도 변했구나.

지킴이 식구도 늘었고
쓸쓸이 건물도 늘었으며
접안시설 선착장도
웬만큼은 하였구나.

몇 년 전부터
국민관광객들 오가곤 하나
오늘에 이르러
분쟁의 병이 더 깊어지니

마침내 총리가
조국의 부상
독도를 찾도다.

총리가 우리 땅 독도에 갔는데
미치광이 일인들이
"비열한 한국"
"무력으로 점령하라" 등
적반하장 아우성이다.

시국이 이 지경인데
촛불 시위하던
자칭 애국자들은 다 어디로 가고
반일반미 그 흔하던 농성의 소리
지금은 모두 침묵이구나.

그들에게 조국을 맡기면
다시 오천년을 능히 이을까.
그들에게 민족을 맡기면
태평성대 사직을 족히 지킬까.

진정 애국을 하려거든
저마다 옳다고 말 앞세워 다투지 말고
너, 나 가릴 것 없이 각자의 자리에서
독도가 우리 땅임을 주야로 공방하면
그 또한 진정한 애국이 아닐쏜가.

그동안 조용하고 미미하던
독도수방훈련[1]
이번엔 당당하게 공개하며 강력하게 하였다.

한번은 보여줘야 하는 일
독도에 대하여 줄곧 오그려만 들던 정부가
한 가락 힘을 과시하며 한풀이를 하였다.

앞으로의 진정한 외교는
단합된 힘과 강한 국력을 바탕으로
강온을 교차로 대응하여야 한다.

우리가 독도를 지키는 것은
자연도 자원도 모두 소중하지만
본디 내해인 것을
남이 빼앗으려 하기 때문이다.

---

(1) 獨島守防訓練 - 독도 지키는 방어훈련

돌연, 미국 지명위원회의
독도 주권 미지정 표기라는
뒤통수를 맞고
일본에 반은 기울 뿐 했던
내 기도의 성지, 독도!

밤잠을 설치며
분통을 터트리고
친미, 친중, 근러, 경일 외교로
약소국 이 나라 안위를 지키자고
열띠게 토로했다.

그 용감하던 촛불시위대
거리에 나서던 똑똑한 정치인
다들
어디 가서 무엇을 하는지.

국익을 논할 때는
한 힘이 되어야 하거늘
자책이 지선인양
안으로 제 발목 잡는
그들을 규탄한다.

누구를 원망해
이 땅에 태어난 저의 운명인 걸
자성 없는 비판은 독소라
누가 그를 환대하겠는가.

지금 독도분쟁은 과거의 빌미
소리치며 원성 높이던 그들
지금 어디서 침묵을 하고 있는가.

책임 없이 내질렀다가
아니면 말고 하는
이런 정치인들
그런 언론들, 저런 사람들
진정 퇴출의 길은 없는가.

반대도 중요한 의견이라 하지만
나라 없는 내 존재가 있기나 한지
국익 앞에 나름대로 정의랍시고
반대 소리 내는 집단을 경원한다.

바람도 없이 무더운
열대야의 선잠 끝에
칠월의 마지막 날 새벽
한 숨 돌리는 낭보를 접했다.

프랜들리
부시 미국 대통령
지명위원회의 주권 미지정 표기
즉각 원상복구를 지시했다네.

국가 차원의 일 아니었다고 해도
고마운 것인지는 더 두고 볼 일
우리의 의지와 무관하게
농락당한 안타까운 느낌이 있다.

힘이 부족하여 당한 서러움은
오천년 동안 여러 번 있어 왔다.
그래도 정치꾼들
당파정쟁을 일삼으며
시름 깊은 국민의 맘 또 흔들까.

독도가
우리 땅이란 자료가 많다 해도
실효적 지배를 하고 있다고 해도
내가 그 땅에서
경비대원 생활을 했었다고 해도
힘없는 나라 되면
언제나 국경분쟁은 있는 것이다.

진정 우리가 해야 할 일은
국제법적 지리적 역사적 고증도 중요하고
세계만방에 한국영토임을
알리는 일도 중요하지만
예나 지금이나 앞으로도
군사력을 제일로 배양하는 일이다.

그리고 당장 먼저 할 일은
사시사철 그리움이 일 적마다
누구라도 드나들고
머물 수 있는 요람을 만들어
절해고도 단애의 섬,
그 외로운 현실을 벗겨내는 것이다.

고요하면
고요한 대로

파도치면
파도치는 대로

별과 달이 함께
빛나면
빛나는 대로

독도에서 보내었던 밤과 낮이
마냥 아름답고
날마다 새롭게 느껴지는 것은

독도가
점 같은 절해고도이나
소중한 내 땅이기 때문이다.

본시 사람의 마음이
그런 것이기는 하지만
시간이 흐르니
잊어가는 것은 아닌지.

독도가 잘 있는지
어쩐지
대중의 공감대적 흐름은
이내 가라앉는다.

베이징올림픽 야구경기에서
구전 전승 금메달보다
더 통쾌한 것은
대일본전의 양승이었다.

그 까닭은
굳이 말하지 않아도
다 아는 답이다.

너, 나 할 것 없이
친해야 할 이웃이
더없이 미운 원수가 되고
쳐부술 적이 되는 것은
고금에 흔히 있는 일이라도
불편하고 힘 드는 것이
쌍방의 현실이자 역사이다.

부처님 아니라도
욕심의 긴 끈을 놓으면
능히 선린이 되기도 할 것을
언제나 평행선이 되고 마는
욕심보따리 숙제를
장차 누가 능히 풀어낼지 점치고 싶다.

동해와 독도는 하나
동해를 지키는 일은
독도를 지키는 일
어영부영 넘어갈 일은 아니다.

베이징올림픽 폐막식
디지털 스크린을 통해
동해를 일본해라 표기한
중국의 저의는 무엇인가.

그리고 바로 다음날
후진타오 주석이 서울에 왔으니
아리송한 중국의 행보를 알기 어렵다.

우리가 힘을 잃었을 때
그들은 언제나 침공했으므로
선린의 믿음을 갖기에는 여전히 부족하다.

오천년 역사동안 중국과
동행의 시간이 길었다 해도
다투며 선린관계를 유지해 왔다고 해도
지켜보고 유심히 살펴야 한다.

이번엔 전에 없이
독도지킴이가 많아졌다.
그리고
실제로 행동하는 국민들도 많아졌다.

시간이 지나도
이내 시들하지 않고
나름 나름대로 소리를 내며
기세를 높이는 것이 대견하다.

이같이
저마다 각각의 분야에서
스스로 지키고자 한다면
한반도 바란 독도 오백만년
긴 역사가 허망하지 않다.

젊은 그들에게
이 나라를 맡겨도
능히 다시 오천년 사직을
태평성대로 길이 이으리라.

뜻이 있는 곳에
길이 있다고 해도
독도를 다시 찾아가는 일이
마음같이 쉽지를 못했다.

알고 본즉
그 길이 멀지 않음에도
모르면 지척도 삼만리보다 먼 길
덧없이 지난 세월이 안타깝다.

그래도 잊지 않고 잊지 못하고
독도사진 가득 거실에 걸어두고
주야로 바라보며 반평생을 살다보니
햇수로 삼십년 그 계절에
드디어 재회의 날이 오도다.

처음 그때처럼
가슴 떨리는 설렘도 있고
얼마나 변했는지 궁금함이
밀려오는 물결 위에 푯대처럼 솟는다.

제3장

다시 찾은
독도
(1~50)

다시 찾은 독도 **1**

입도 승낙 떨어졌다는
메시지를 받고나니
빨리 가서 보고픈
급한 마음 더 깊어진다.

예나 지금이나
조급한 성격 변함이 없듯
독도 사랑하는
끝없는 내 마음도 변함이 없다.

뜻밖의 이별로
그토록 사랑한 임을
오랜 세월 갈라져 그리워하듯
독도를 외고 살아온 마음 그와 같도다.

이제 다시 만나면
무슨 말을 하고
무슨 마음을 먼저 전해야 할지
준비 없는 마음만 부산하다.

다시 찾은 독도 **2**

마침내 그날은 다가와
오월 스무이레 첫 새벽
차창에 기대어 밤잠 설친 고단함을
횡계 특산 황태국으로 달래고
동해로 묵호항으로 여명의 길을 달린다.

창망대해 두어시간 남짓
쾌속선은 바람같이 달려서
울릉의 남양과 통구미를 지나
사동의 산모퉁이를 비껴 돌아든다.

다녀간 지 어언 이십구년
다시 오마 기약은 못했어도
이리도 긴 세월 그리움만 쌓았는지
무정인지 무심인지 나를 탓하지 못하고
살같이 흐른 세월만 원망하도다.

다시 찾은 울릉
그리며 설레던 마음은 간곳도 없고
막상 첫발을 내려딛어도
가슴은 오히려 차분하다.

다시 찾은 독도 **3**

변하려 해도
변할 수 없는
울릉군 일번지 천옥의 도동

항구와 산천은 옛 대로이나
골목과 건물들은 깨끗이 단장되고
이천년 향목은 반쪽으로 모습이 변했다.

네 갈래 골목길 좁은 터전은
비록 넉넉치 못하여도
세세천년 끊임없이 성인봉 정기 받으며
일만 울릉군민
어제 이어 오늘을 지키며 내일을 산다.

내일을 기대하며
독도박물관 먼저 둘러보고
도동 전망대 높이 올라서
독도를 조급히 조망하여도
그리움의 땅 독도는
운무에 가려 보이지를 않는다.

다시 찾은 독도 **4**

기대만발
수중환경협회 독도바다 청소행사
한 순간의 바람결에 무너진다.

이럴 수가
참으로 긴 세월 벼르고
너무나 오랜 시간 기다리며
운명처럼 왔건만
난데없는 파랑주의보에
갈지 말지 알 수가 없다고 한다.

저녁이 되어서는
가더라도 오전 중으로 돌아와야 한다며
자세한 것은
아침이 되어 봐야 안다고 했다.

오늘 같이 잔잔하던 바다가
내일은 노도가 치는 줄 모르지 않지만
이리도 하늘의 책망이 큰 것은
지난날 내 삶의 죄가
너무나 무거운 탓이런가.

다시 찾은 독도 **5**

실망감과
설마 하는 조바심에
밤잠을 설치고 새벽에 골목으로 나갔다.

좌우를 둘러보아도 바람이 없는 듯한데
먼 바다엔 백파가 보였다.
그러나 우려를 걷고 천만다행으로
독도 가는 삼봉호는 정시에 뜬다고 했다.

독도탐방과 수중청소행사는 못하고
선착장에만 잠시 내렸다가
이양 돌아와야 한다고 하는데
일주순회를 기대했으나
그것도 운항 일정상 어렵다고 했다.

물결이 드세게 치는 푸른 뱃길을
두 시간 남짓 삼봉호는 달려
참으로 오래된 만남으로
마침내 독도 선착장에 도착하였다.

아 - 반평생을 내 그리던
기도의 땅, 독도!
짜릿하게 피는 흥분은
가슴속의 피를 뜨겁게 돌리는데
옛 고향 찾은 감상으로 눈시울부터 젖었다.

동도에 올라 옛 자취를 더듬어 보고
김상경의 위령비에
묵념도 올리고 싶으나 길이 막혔다.
무엇이 장벽으로 남아
아직도 우리를 답답하게 하고 있는가.

하는 수 없이
바람 불고 야단스러운 선착장에서
준비해간 위문품을 분초장에게 전하고
일행들과 기념사진은 찍는 둥 마는 둥
경치사진 찍는 일에 몰두했다.

옛날 필름사진이야 다수 있지만
디지털 새 카메라로 새롭게 찍어
아름다운 모습 유정한 독도를
이 시집에 싣고자 함이다.

짧은 시간 경황도 없는 중에
후배근무자에게 나의 옛날을 말했지만
그것이 그들에게 무슨 공감이 되랴.

여기도 세태의 변화 있어
근무 여건과 풍토가 매우 변한지라
다만 근성적인 대답만 있을 뿐이다.

궁함이 없으면
인생의 깊은 맛을 모르는 법
비름나물 삶아 찬을 하던
그때와는 달라
그들에게는 서경이나 서정보다는
외로움의 정한이 오히려 클 듯싶다.

이리저리 바람 속을 허둥대며
사진 찍는 일에 몰두하다 보니
어느새 주어진 십오분 시간이 흘러
승선하라고 채근하는 메가폰 소리
저승사자의 엄명같이 들렸다.

다시 찾은 독도 **8**

짧은 만남이
오히려
한이 되었다.

어쩌다 아직도
내 땅을 내 마음대로 오르지 못하고
눈치 보며 발길을 돌려야 하는지
현실이 서글펐다.

물론 단계적인 흐름이 있을 지라도
우리가 너무 소극적인 것은 안타까움이다.
일본 같으면
실효적 지배를 하고 있다는 이유로
하마 무슨 일이든 다 했을 텐데.

돌아나오며 풍랑으로 인해
오래도록 독도를 바라보지 못했다.
멀어지는 모습을 찍어 보려고 애를 썼으나
아예 포기하고
선실에서 잠을 청했다.

다시 찾은 독도 **9**

울릉에서 이틀을 보내는 동안
풍랑이 어느 정도 잦아져
사흘째인 내일은 독도행 삼봉호가
아마도 갈 수 있을 것이라 한다.

내일도 독도에 못가면
하루를 연기하더라도 꼭 가야 한다고
船社에 미리 부탁해 두었던 터라
그런 배려는 되었다.

혼자 보다는 둘이 좋아
평생 사진기자로 일하시는
권기자님께 동행을 청하니
흔쾌히 응하셨다.

이번에는
감상적인 만남이 아니라
독도의 아름다운 절경을
촬영하는 것이 목적이다.

울릉에서 나머지 일정을 보내며
홀로 떨어져 귀가를 미루더라도
풍랑이 자면
다시 독도로 들어가겠다고 재 다짐을 했다.

이대로 돌아간다는 것은
도무지 발걸음 떨어지지 않을 것이라
숨차게 성인봉을 올라가면서도
그 생각만 하였다.

해그름에 독도박물관장께서
강연을 한다고 했지만
시인과 사진기자 두 분 선배와 함께
성인봉을 다녀오느라 좀 늦었다.

그 자리에서 말했다.
아직도 내가 자유롭게
섬에 오를 수 없게 하는 답답함과

관광호텔 하나라도 지어야
완연한 우리 땅이 된다고.

그랬더니
규모는 작더라도
그런 계획이 있다고 했다.

아주 잘한 일이라고 찬사하며
한같이 맺히는
마음을 좀 풀었다.

사흘만에 다시 찾은 독도
가면서도 오면서도
줄곧 선상에서 시간을 보냈다.
다행히 물결이 약해져서 마음이 편했다.

상도는 못했어도
일견 소원대로 일주하면서
온 섬을 다시금 살펴볼 수 있음에
고요하던 마음이 흥분으로 일었다.

빠른 선회로
관람여유의 시간이 없어
카메라 렌즈 안팎을 통해
전해오는 찰나적 감동이어도
그저 그만이었다.

창망심해 한 가운데
작은 섬 하나가
오랜 세월 내 마음 사로잡는 것은
특별한 동기 부여도 있었지만
나라사랑에 대한 나의 강한 애착이리라.

다시 찾은 독도 **12**

유람선 순회로
돌아보는 독도의 모습은
옛 대로 변함이 없는 듯싶다.

동서도 협해에
망부석권총바위, 삼형제동굴바위
그리고 이웃에 자라바위, 장수바위, 가제바위

동도에
귀바위, 탱크바위, 얼굴바위, 악어바위
그리고 독립문바위와 한반도바위

서도에
코끼리바위, 두꺼비바위, 탕건봉촛대바위
그리고 물탕골과 어민숙소

유명무명의 여든아홉 바위, 바위들
기억에 남아 있는 모습, 모습들
모두 옛 같이 잘 있도다.

다만 올라가 내려 보지 못한 천장굴과
다가가 묵념으로 기도하지 못한 위령비에
아쉬움과 안타까움 담가두고 메어두고
파도가 넘치는 가제바위를 비켜 돌아
유정한 동서도를 뒤로 하며
무정한 듯 울릉으로 되돌아오다.

다시 찾은 독도 **13**

유람선은 미련을 두지 않고
언제나처럼 재빠르게
그렇게 도동항으로 되돌아간다.

예나 지금이나 똑 같이
아쉽고 허전한 마음으로
늦도록 선상에서 거친 바람도 마다 않고
독도의 모습을 바라다본다.

수평선 너머로 물속으로
신기루처럼 소실점처럼 사라지는
섬의 모습을 보매
아스라이 떠가는 영혼을 보는 듯
무상무념 색즉시공의 경지에 이른다.

소망을 이루진 못했어도
내 젊은 날 기도의 성지
독도 사라져 가는 모습이
장차 내가 사라져갈 모습이런가.

그리고는 여-엉 보이질 않는다.

다시금 돌아온 울릉
여남은 몇 시간을 도동에만 머물쏜가.

일전에 가본 천부와 태하는
변하여도 옛 모습이 있건만
내 거닐던 저동은 그 모습이 아니로다.

근무지 어선통제소는 찾지를 못하고
시계가 훤하던 부두는 어판장으로 막히고
모시개 거리와 골목의 집들에는
새로운 단장으로 옛 기억이 흐리다.

그러나
촛대암과 방파제 너머 파도
청춘광음을 자랑하던 후박나무는
옛 모습 그대로 반갑게 있다.

오랜만에 잠깐 만난 독도의 만단정회를
이런 소일로 풀어내며 평상으로 돌아오는데
이윽고 돌아가야 할 시간이 되어
도동항 발 쾌속정이 닻줄을 푼다.

다시 찾은 독도 **15**

해그름이 되어서
해 맑은 석양을 받으며
쾌속 씨플라워호는 묵호항을 향한다.

왔던 길을 되돌아가는
창망대해 동해의 한없는 길
지금 가면 언제 오랴.

다음엔 쉬이 오리라.
한 번 걸음 어렵지
첫 출입 트이면 쉬운 법 아니던가.

이제는 먼 길 아닌
가까워진 쾌속선 뱃길
마음만 먹으면 천리도 지척이다.

어느새 황혼이 곱게 물든다.
바다 한가운데의 일몰을
갇힌 몸이 되어 선창을 통해 보아도
아름다운 것은 아름답다.

그렇고 말고
첫걸음 트이면 자주 간다고 했지
두 달이 못되어 다시 기회가 왔다.

마음이 법이라고
마음먹기 달렸다고
일찌감치 깨치고 실천했지만
독도 가는 일에 소원했던 것은
나름 소중한 추억의 보전 때문이기도

세상이 바뀌어서 정책이 바뀌고
나라가 살만하고 국력이 세어지니
더 이상 영토분쟁을 염려하랴
뉘에게도 빼앗길 수 없느니라.

내 땅이면서 제한구역으로
발이 묶였던 지난날과 달리
마음만 먹으면 한 해에도 몇 번씩
아니 매일이라도 갈 수가 있는 것을
그러나 아직도 완전한 자유는 아니로다.

다시 찾은 독도 **17**

이천구년 칠월 십구일
아름다운 독도 촬영을 위해
다시 또 한 번 독도를 찾기로 하다.

해후의 날을 받아 놓아도
이제는 마음이 평온하여
어떤 감상이 일지를 아니한다.

본시 사람의 마음이란
볼 수 없고
갈 수 없으며
만날 수 없을 때
그리움과 설렘의 반작용이 강한 것

그새
두어 번 다녀왔다고
그리움의 정, 식는 것인지
자못 알 수가 없다.

설령 그리움의 정, 식는다 해도
애틋한 사랑은 초심 그대로
동행제안 한 번에 망설임 없이 나서니
열정 정말 대단하다고 격려를 해온다.

누구를 위한
누구를 의식한 일이 아닌
나를 위한 나의 독도사랑이니
격려 받을 일은 아니로다.

사랑이 천태만상이듯
독도를 사랑하는 마음과 표현도
가지가지일 진저
굳이 가려서 헤아림은
부질없는 일이리라.

누가 어떻게 사랑하든
관심을 가지는 일만으로도
다 같이
독도사랑 나라사랑 하나이리라.

다시 찾은 독도 **19**

다시 만날
그날도 오래지 않다.

그토록 가물던 날씨가
천둥, 번개, 강풍을 동반하여
큰비를 내리니
다시 또 풍랑으로 어설픈 만남이 되려나.

아니, 아니, 아니지
시끄러움 뒤에 고요함이라
이 소란스러움이 지나고 나면
오히려 진정한 모습을 조용히 내보이리라.

독도여!
독도의 하늘과 바다의 신이여!
해맑은 하늘과 쪽빛바다의 잔잔한 미소로
다시금 내미는 정어린 나의 손을
이번엔 부디 포근히 잡아주오.

천둥번개에 비바람 친다 했더니
어설픈 만남이 아니라
아예 독도 가는 뱃길이 막혔다고
일정을 취소하고 환불한다고 기별이 왔다.

현실이 되고만 우려
손잡아 달라고 애원하며 소망했건만
독도의 신은
매정하게도 대뜸 들어주지 아니한다.

그곳이 나의 추억어린
영혼을 심은 기도의 땅임에도
인정사정없는 냉혹한 거부에
애석하고 서운한 마음 숨길 길이 없다.

그러나 변덕 많은 바다가
곧 잠잠해질 그날을 기다려본다.
다시 또 만남을 위한
기다림에는 덧붙일 그 무엇이 없다.

다시 찾은 독도 **21**

다시 한 달을 보냈다.
오랜 석별이 될 수도 있는
이번 재회의 날은
팔월이지만 입추 처서를 지나
하늘빛이 더 없이 고울
초가을 길일을 택하였단다.

실망하던 그동안
국가적으로 많은 변동이 있었다.
유명인들이 여럿 죽고
집안에도 작은아버지 상사가 났었다.

어제, 불귀의 객이 되고
오늘, 황천길을 가는데
내일의 무슨 미련이 많아
오손도손 하지 못하고 아옹다옹이던가.

이 같은 곡절 속에
나의 삶도 황혼으로 접어드는데
언제나 내일을 기대하며 기다려야만 하는가.

다시 찾은 독도 **22**

마침내 그날이 다가왔다.
내 사랑 독도를 다시 만나러
새벽잠 설치고 어둠 속에 서둘러 나섰다.

이번에도 동행을 구했다.
혼자서도 익숙한 길이요 만남이지만
굳이 동반이웃을 청한 것은
독도사랑 나라사랑 함께 나누고자 함이다.

이른 새벽길에
또 날 궂어 빗방울 떨어지니
염려스런 마음이 저으기 시름이 된다.

전해오는 소식은 기대 반 우려 반
바다날씨란 금새 변덕이니까
일단 가봐야 안다고 위안하며
관상대 예보가 빗나가기를 바란다.

바라는 바대로
묵호항엔 비가 오질 않는다.

다시 찾은 독도 **23**

울릉에 다시 오니
친숙한 구면이라
낯설음보다 아늑함이 앞선다.

여장을 풀고 나니
오매 또 비가 내리네.
독도박물관 안내를 맡아서 선두에 오르다.

오는 비를 어찌할까
서중을 내어서 고쳐질 일이던가
올라보나 마나한 오리무중이지만
독도전망대에 다시금 오르다.

독도 조망은 접어두고
막걸리 한 잔에 부침개 한 점하니
내일 독도로 갈지 못 갈지 몰라도
기분은 그냥 그만하다.

오월에 못 가고 미루었던
봉래폭포 다녀오는 길에
모시개 정육점식당 소 잡은 날이라고 해서
유명한 울릉도약초쇠고기로 만찬을 하다.

삼봉호 박사장과 소주 일잔 나누며
무슨 일이 있어도 독도는 가야한다고
어찌하면 좋겠는지 궁리를 해도
하늘이 하는 일을 뉘라서 도술일까.

토요일 일요일 여분이 있으니
월요일에 귀경하는 한이 있어도
반드시 독도에 가기로 결심을 하고
김씨네 작은 배 대여부탁까지 하였건만
하선이 불가하다네.
누구의 시기인가 할 말을 잃는다.
이제는 칠전팔기를 생각치 않을 수 없다.

새벽 일찍 눈이 떠졌다.
바다날씨가 궁금해 물항장으로 갔다.
백파가 이는 것이 심상치 않다.

부둣가에는 소문들이 빠르다.
진위 여부는 접어두고
관심사에 대한 소문이 유영하듯 흐른다.

일곱시 반 배
아직 누구도 정확한 정보가 없다.
일곱시가 가까워지자
배는 들어가나 물결이 높아
입도를 못한다는 정통한 소식이 나왔다.

일행들은 모두 울릉에 남았으나
나는 기어코 배를 타고
독도를 향해 쾌속으로 달렸다.
혹시나 입도를 기대하며
점심끼니로는 빵을 준비했다.

혹시나 하는 입도 기대는
역시나로 무너지고 일주만 하였다.
이번엔 광각렌즈를 채비한 까닭에
반 마음에라도 드는 사진을 찍었다.

풍경이 좋은 독도 북쪽바다에서
잠시 정박까지 하여주는 배려가 있었다.
어떤 것도 잡념 가질 여유가 없었다.

짧은 만남의 시간이라
느긋한 마음으로 면대하지 못하고
렌즈를 통하여 잠깐잠깐 눈으로만 만났다.

어차피 마음을 열고 만날 시간은
언제라고 정하지는 못하여도
다음으로 미루어졌기 때문이다.

독도고을 본관신선은
어찌 이리도 냉정하던가.
그 옛날에도 입도한 첫날부터
거센 바람 한없이 불게 해 겁을 주더니

이런 만남 처음이 아닌지라
애석함도 억울함도 안타까움도
처음과 같지 아니하다.

스쳐지나가도 인연이라니
이 처럼 이모저모 살피며
속내 속내를 읽어 가노니
저야 모른 체 외면하여도
나는 다 아는 도다.

동해바다 한가운데
우뚝 솟은 지 오백만년
그 신비함이 신의 경지를 넘었으매
나 같은 존재를 하찮게 여겨도
이러고저러고 서럽다 할 명분 없어라.

다음에라도
다만 받아들여주면 감사할 일
매정하다 무정하다 투덜대며
한탄할 입장이 아님을 능히 깨치노라.

보라! 수백만년 전
먼저 태어나고도 막내로 불리는
독도의 너그러운 포용을

작지만 그의 존재는
우리 민족의 가슴 가슴마다에
더러는 안타까움이나 늘 큰 의지이어라.

지난 날 내 흔적을 심어 놓은
유정한 독도가
오늘 나에게 이렇듯
애틋한 그리움일 뿐이런가.

겨우 만나도
다음 만날 기약도 없이
곧 헤어지는 운명이기에
남은 반평생도
오로지 그리워만 해야 할 뿐이런가.

독도여!
조국의 부상이여
수백만년 가꾼 뜻 거룩히
오천년 종묘사직을 의지하나니
일각이라도 한반도의 핏줄임을 잊지 마셔요.

누가 우리게 이별을 말하거든
지진으로 갈라져도 한반도로 남을지니
탐욕에 큰 병나서 허욕에 쓰러지는
어리석은 어깃장은
이제 그만하라고 하셔요.

나 이제 돌아가면
이양 곧 돌아올지
오랜 이별의 시간이 될지
정녕 모르기에
그대를 두고 가는 마음이
어찌 아쉬움뿐이리오.

진정 사랑하는 조국강토
내 한 평생 가고 또 가고
다시 영겁세월 흐른다 해도
한반도로 남을 굳고 굳은 약속
영원 영원히 지켜주셔요.

다시 찾은 독도 **30**

다시 한 해를 넘어
우리 처음 만난 지
어-언간 삼십년
작년에 스치고 못 만난 안타까움
올해는 제대로 이루어지려나.

삼고초려가 지극한가.
삼세번을 찾는 정성이면
엇갈린 삼세불도
서로 만날 수 있으리라.

우리 만남의 시도가
삼세번이거늘
독도는 앞으로 나에게
진정한 미륵불이 되리라.

거년에 못 이룬 온전한 만남
만 삼십년을 채운 그 계절 유월에
다시 찾을 준비로 몸과 마음이 분주하다.

다시 볼까 어쩔까
언제 또 올까 어쩔까
기약을 못했어도
지금처럼 늘 흔쾌히 나서는 것은
권주훈 기자님과의 동행이 약이다.

이번에는 빈틈없이
동서도 모든 구석을 능히 살피리라.
그 옛날 그때 보다
더 뜨거운 가슴으로
온 몸으로 도해를 다 진무하리라.

다시 찾은 독도 **32**

이제는 일본 정부마저
독도를 자기 땅이라 교과서에 등재하며
영토분쟁을 노골화하니
저마다 보탤 힘이 있다면
있는 역량으로
침략을 분쇄함이 참으로 마땅하리다.

내 독도를 다시 찾아
수일간을 틈내어 머물며
독도에 대한 옛정을
새롭고 깊게 새기려 하는 것은
내 역량으로 애국할 수 있는 힘을
조국수호에 더하여 보태고자 함이다.

아 - 그러나 세상살이
이유도 많고 핑계도 많아
만 삼십년의 약속이 무너지는
운명의 대란이 내게 다가왔다.

직장의 뜻하지 않는 소요가
나의 애국 발길을 묶어 놓는다.
천재일우 같은 기회인데
동참 불가함을 전하는 일이
죽음 같이 싫었다.

왜 이 길을 왔던가.
알지 못하고 왔던 길이
후회가 되는 것은
원점으로의 회귀를 바람인 것인가.
다시 다음을 기약하는 것 외엔
현재로선 대수가 없다.

그리고 두 달을 기다려 보내고
다시 때를 정하여 길을 나섰다.

동행은 역시 권 기자님과 강 기자
경인 팔월 열나흘 밤 해시에 출발하여
광복절 이른 아침 묵호항에 이르니
오늘도 바다가 거칠어 출항이 불가하다.

하루를 묵호에서 할 일없이 머물고
팔월 십육일 일곱 시 반 배에 승선하다.
비 그치고 해 났어도
한 바다에 나서니 너울성파도가 드세다.

쾌속선 배 좋아 파도를 넘어
단숨에 도동항에 이르렀으나
독도행 배편은 없었다.
다시 또 하루 체념의 시간을 보내다.

묵호서 문득 만난 최 교수님
포항으로 가시더니
예서 다시 만나매
한반도 땅이 좁은가 싶다.

울릉명산 약초쇠고기 안주하여
소주 일배로 여정을 나누며
울릉유람일정 이야기 하던 차에
최교수께 독도행을 강권하다.

팔월 열이레 아침바다 많이 고요해 졌어도
여전히 물결이 있어
독도선착장 접안이 불안하다 하였다.

슬금슬금 비 오고 바람 부는 뱃길
독도평화호 두시간 반을 달려
정오 무렵 독도바다에 이르렀으나
염려대로 안타까이 접안은 못하고
일주만하고 歸陵하였다.

다시 내일을 기다리며
도동에서 시간을 소요하다가
밤들어 저동 야시장으로 넘어가
난생 처음 닭새우를 먹었다.

닭새우 이름도 안성맞춤이고
색상도 예쁜 것이 맛은 더욱 좋구나.
울릉에 신토불이 닭새우 언제부터 있었나.

사흘 넘게 소요하며 기다리자
바람 없이 고요한 바다엔
물결 또한 잔잔한데
이제는 더위가 엄습한다.

팔월 십팔일 아침 여덟시
독도평화호 편안한 출항이
우리들 마음까지 쾌적하게 한다.
고요한 바다를 미끄러지듯 떠내려
곧 독도선착장에 이르다.

야호, 이제야 그 오랜 소망 이루었다.
옛날 그때나 지금이나
독도 가는 길은 기다림이다.

오래 기다려서 이루는 소망보다
더 아름다운 보람이 있겠는가.

무거워 짐스럽던 고무보트
바람 넣어 진수하여
짐 싣고 사람 타고
편하게 독도바다를 돌아드니
구차함 없어 특별히 마련한 보람이 있다.

한창 신축하고 있는 서도 어민숙소
얼마 전 태풍으로 더 산만하여도
이층 가운데 문 없는 방 한 칸을
숙소로 배려 받아 짐을 풀다.

허기를 라면 끓여 채우고 나니
여독에 고단함이 없지 않지만
바다 날씨 변덕은 알 수가 없어
휴식을 생각할 여유가 없다.

지금처럼 산들바람에
물결 잔잔하고 날씨 좋을 적에

바다의 암도부터 낱낱이 사진을 찍다.
이것은 오랜 내 소원이었다.

먼저, 서도를 남-서-북으로 돌며
코끼리바위, 장군바위, 물탕골을 지나
탕건봉과 가제바위를 비켜 돌아서
삼형제동굴바위, 망부석, 장수바위
숫돌바위 마저 훑어보고 선착장 좌로 돌다.

동도의 남 - 동 - 북쪽 바다로 돌아나가며
탱크바위와 얼굴바위는 스쳐 보내고
악어바위, 독립문바위는 새겨 감상하고
눈 들어 한반도바위에 내 영혼을 심는다.

천장굴 들어가는 해식동굴 단애는
수줍은 새악씨의 두 뺨인가
세월이 흘러도 붉은 빛 그대로
연지분 없어도 늘 단장이 새롭구나.

바다를 먼저 돌고
해그름이 되어
일몰 배웅을 위해 동도에 오르다.

예전에 눈물 흐르게 하던
그 아름답던 황혼!
다시 볼 수 있다면 좋으련만
어디 그런 행운이 자주 있으랴.

정상에 오르며
여러 식물들을 사진 찍다.
보는 계절이 달라서인지
예전에 비해 식생이 좀 바뀐 것 같다.

헬기장에서 아름다울 일몰을
기대하며 기다렸으나
맥없이 꺼져가는 짚불처럼
노을마저 흐릿하게 해가 지고
어느새 기다린 듯 상현달이 돋았다.

갈매기 소리도 없는 저녁바다를
작은 고무배에 세 사람 몸을 싣고
엔진소리 고요히 내며
한데 같은 숙소가 있는 서도로 왔다.

부랴부랴 밥을 짓고 장이나 끓여
갖게 차리지 못한 소찬이라도
시장이 반찬이라
맛있게 배부르게 잘도 먹었다.

나의 취사솜씨는
학창시절부터 평생을 쌓은 실력이라
웬만한 주부의 수준은 되는 터
두 기자 양반도 구두인증서를 주었다.

무풍의 여름밤 습한 바닷가 숙소가
덥기도 하고 후텁지근도 하여
마당에 적재된 공사파이프 더미 위에
채비 없이 노숙자로 누은 즉
시원함은 나름대로 제격인데
깔따구와 전쟁이 시작되었다.

팔월 십구일 한 새벽에 일어나
막사 뒤 아찔한 대한봉 계단을
어둠 속에 조심조심 쉬며 오르다.

독도의 일출을
얼마 만에 보려함인가.
하지만, 어제의 일몰에 이어
오늘의 해돋이도 상큼하지 못하였다.

그나마 나름대로 촬영을 하고
아쉬움에 기념사진 몇 판을 박고
서도 능선을 종주하여 물탕골로 가다.

서도도 기슭마다 식생이 다양한데
이름 아는 대로 불러보면
피, 억새, 바랭이, 번행초에 갯까치수영
그 이웃에 술패랭이, 도깨비고사리
비탈마다엔 말라가는 섬말나리 그루터기가
어쩌다가 오는 방문객에게
계절의 변화를 일러주고 있다.

나무숲이 아쉬운 독도에
숲새들의 집터 가득한 위에 섬괴불나무섶
동백나무와 보리수가 신기하게 자라고
먼 비탈에 사철나무 군락이 무성하다.

그 가운데 놀라운 것은
기다리다 지친 시골아낙의 모습처럼
아침이슬 흠뻑 젖은 초롱꽃 한 포기가
연보랏빛 미소 다소곳이 지으며
계단길옆에 조용히 피어 유혹하고 있었다.

그리고
이름을 잊었거나
모르는 초생도 자주 있었다.

다시 찾은 독도 **40**

올라서 내려다보아도 아득하고
내려가서 올려보아도 가마득한
서도의 물탕골 가는 나무계단
요즘식으로 잘도 만들었지만
대자연에 버티기란 아무래도 모자라
부서진 난간들이 적지가 아니하다.

너무나 더운 탓에
시장기를 무릎하고
근처의 어선이야 보건 말건
독도의 특장이 무엇인가.
수영복 없이도 수영을 할 수 있다는 것
몽돌밭으로 내려가 아침해수욕을 하였다.

바다는 얕고 몽돌은 둥글둥글
안전하게 에워싸인 동락원에
먼저 찾은 백로 한 마리가
천년 삶을 그리며
암벽의 이끼를 쪼고 있다.
혹시
배고픈 우리를 연민하고 있는가.

낙원에서 시간을 잃어버리고
늦게 돌아온 우리는
아침식사를 점심 겸해 먹었다.

꼭두새벽에 나서서
한낮이 다 되어 돌아오니
어찌 시장기를 잊을까.

늦은 식사로 만복이 되니
이제야 밀려오는 고단함에
휴식을 피할 수가 없다.

휴식이라도 오수를 설치고
홀로 고무보트를 타고
다시 물탕골을 찾아가다.

내친 김에
서도를 다시 돌며
요모조모 구석구석 사진을 찍다.

서도를 돌고 오니
샤워하러 동도에 가잔다.
씻고 난 뒤의 개운함이
지옥에서 천국으로 온 듯한 맛이다.

독도의 삶이
이제는 옛날과 달라
바닷물 정제하여 용수로 쓰니
물 궁함을 면하였고
냉장고마다 신선한 먹거리 풍부하니
의식주에 불편함이 없는 일상이다.

마침 동도에 외국인 유학생 셋이
등대체험을 왔다는데
그들과 더불어 담소하면서
참 좋은 홍보방법이라는 생각이 들었다.

동도에 오른 김에
다시 일몰을 기대하며
여남은 시간 이곳저곳 돌면서
얼굴바위, 탱크바위, 천장굴
서도의 탕건봉과 가제바위까지
식물들도 낱낱이 찾아가며 사진을 찍었다.

오늘 일몰은
어제보다는 좋았지만
흡족한 원판은 아니었다.

독도의 일몰이
이렇듯 연일 아쉬운 것은
나의 운이 미치지 못함이리라.

이미 뜬 상현달
등에 지고 서도로 돌아와
동도의 야경을 찍었다.

동도에 옛 살던
兎先生[2] 보이질 않아
어인 일인가 궁금하여
후배 대원에게 물었더니
독도에 무슨 토끼가 있었느냐고
놀란 토끼눈을 하며 되묻는다.

동해 용궁을 다녀온 지혜의 후예
토선생 무리들이
섬땅을 척박하게 무너트리기에
섬멸령을 내렸다는 말을
누군가로부터 들었다.

언제는 풀어주고
언제는 구속하니
금이종종이금 고사가 여기에도 있구나.
무언가 말 못할 애석한 감이 솟아오른다.

---

(2) 兎先生(토선생) - 토끼의 경칭

오늘 밤도 습습한 더위와
깔따구와의 전쟁이 시작되었다.
긴팔 옷도 모기장도 다 두고 왔다.

엊그제 물릴 적엔 고통을 몰랐다.
하루 이틀 지나면서
유비무환의 고통 근지러움이 극에 달했다.

야성 강하고 살성 좋은 내 피부도
못 견디어 붉게 상처가 돋았다.
긁지 않고는 배길 수가 없다.

밤이 이슥하도록
마당에서 습한 바닷바람을 맞았다.
잠을 설치는 고통을 겪을 수밖에 없다.

팔월 스무날 사흘째 날이 밝았다.
아침구름 짙어 일출촬영 포기하고
고무보트 타고 다시 한 번 일주하며
섬 사진 촬영이나 할까 하고 나섰다.

그러나 잠시 후
구름은 감쪽같이 어디로 가고
일출 촬영이 가능해짐을 순간 알게 했다.
때를 놓치랴 동도의 독립문바위로 향했다.

물결이 다소 높으나 거칠지는 않았다.
혼자서 물결 따라 흐르는 배를 돌려가며
앵글을 맞추는 일이 쉽지가 않았다.
그래도 아쉬움 달랠 만큼 배경이 되어
설렘으로 고무된 기쁨이 두 배였다.

동해의 동도 독립문바위 바다 위로
어둠을 가르며 여명을 전령사로
장엄하고 찬란하게 떠오르는 태양
그 강렬한 기운을 한반도가 맞아 받도다.

다시 숙소로 돌아오니
포기한 줄 알았던 두 분도 어제처럼
서도의 동산에 올라 일출을 촬영하였다네.

조반을 늦지어 먹고
남은 식재료는 공사원들에게 넘겨주고
수고하시라며 석별의 인사를 나누고
일찌감치 짐을 챙겨 선착장으로 옮겼다.

이틀을 잠 설치고
긴 여정에 시달린 탓에
선착장에 짐 올리고 그늘에 누우니
피곤함이 엄습해 잠이 쏟아졌다.

한참을 쉬어도 배시간은 남아
찍을 만큼 찍었다 싶지만 뭔가가 아쉬워
시야에 들어오는 모든 풍경을
다시 또 사진기에 담았다.

정오경 독도평화호가 입항했다.
오늘날 독도는
지금처럼 바다가 고요하면
늘 많은 사람들이 관광을 온다.

독도는 이제
옛날처럼
외로운 고도가 아니로다.

오고 가는 사람들
그 인사, 수많은 사연을
독도 도해와 하늘에 아로새겨
천만사 올올이 수놓아 정을 맺는다.

팔월 스무날 하오 한 시 반에도
내릴 사람 내리고 탈 사람 타고
오랜 그리움을 회포 푼 나와 더불어
동행한 우리 모두 아쉽게 돌아가는데
자주 오가는 쾌속선은 불감증인가
지체도 않고 울릉으로 잽싸게 내달린다.

만 삼십년 만에 다시 찾아
사흘간을 샅샅이 둘러본 동서도

신라시대 때부터 일제 강점기까지
선조들이 당당하게 지켜온 그 시절이나
독도의용수비대가 목숨 걸고 사수한 그때나
1980년 독도경비대로 내가 지키던 당시나
후배 독도수비대들이 지켜온 지금까지나
한결같이 우리의 땅이었고

오늘 독도 해류에 살고
그 하늘을 나는 생명체들
고향에서 보는 것들과 매 한가지로
내게 모두 유정한데
누가 감히 독도를 제 땅이라
어깃장을 부리는가.

이제 내가 돌아가
독도를 지키지 않더라도
누가 뭐래도
독도는 분명 우리 땅이어라.

역사 이래 보기 드문
대지진이 일본에 일어나
쓰나미에 원전사고까지 겹쳐
참혹한 변을 당하고 있다고
보도가 연일 장시간 지루하다.

이천년대에 들어 지금까지
중국 사천성에서, 인도네시아 발리에서
아이티공화국에서, 뉴질랜드와 미얀마에서
그리고 일본까지 엄청난 대재앙이 왔다.
지진에 대한 방비가
철저했다고 하는 일본이라도
대자연의 운동 앞엔 미약할 뿐이다.

땅 갈라지고 건물 무너지고
모든 것을 삼키고 쓰레기만 남기는
쓰나미의 싹쓸이 피해에다
원전방사능 피폭까지 입은 그들에게
마음은 아파도 쉽게 동하지 않는 것은
그들의 이웃에 대한 소행이 옳지 않기 때문

겸손한 찬양은 있어도
교만한 칭송은 없는 법
교만과 자신감은 전혀 다른 이미지
둘 다 강하지만 자신감은 교만처럼
상대를 속상하게 하지 않음이라.

이웃나라를 침공노략질하고
한때는 국권마저 침탈하고도
진정한 사과를 모르는
일본은 교만한 나라
그러고도 모자라 교과서에 외교문서에
독도마저 자기네 땅이라고 우기며
어린 백성들에게 도적질을 가르치는
그런 나라와 국민의 아픔이
안타깝고 애닯기는 하여도
진정 내 아픔으로는 동화되지를 않는다.

가깝고도 머~언 이웃나라
그들의 고질병을 고치지 않는 한
나는 일본이란 나라를 영원히 경원한다.

제3부
부록(附錄)
독도자료

독도의 지리와 자연

독도의 지리와 자연에 대해서 1947년부터 민관단체 등에 의해 수차례에 걸쳐 조사되어 지질·지형·생물·토양·해양·인문 등에 대해 자세히 밝혀져 있다.

[1] 독도의 지리

(1) 행정구역
독도는 동해에 위치한 우리나라 최동단의 섬으로 행정구역은 필자가 경비근무를 하던 무렵에는 대한민국 경상북도 울릉군 남면 도동 1번지였다가 현재는 울릉읍 독도리 산1~37번지로 변경되었다. 독도와 가장 가까운 곳은 경상북도 울진군 죽변읍인데 약 215km 정도가 되며 울릉도로부터는 동남쪽으로 약 87.4km 정도 위치에 있어 날씨가 맑을 때에는 바라보이는 거리이다.

(2) 위치
독도의 위치는 1902년 미국함정 뉴욕호가 측정한 것은 북위 37°9′30″, 동경 131°55′에 위치한다고 기록하고 있다. 그 후 일본군함 마츠에호가 1908년에 측정한 것은 동도가 북위 37°14′18″, 동경 131°52′22″에 위치한다고 기록하고 있다. 그러나 **우리나라가 측량한 것에 의하면 독도는 동경 131°52′과 131°53′ 사이, 북위 37°14′00″와 37°14′15″ 사이에 위치하며, 동도의 삼각점 기준으로는 북위 37°14′26.8″, 동경 131°52′10.4″에 위치하고 있다.**

한편, 독도는 일본의 시마네현 소속 오키섬으로부터는 약 160km나 떨어져 있고 우리나라의 울릉도에서는 87.4km에 위치한다.

(3) 크기
독도는 동도(東島)와 서도(西島)를 비롯한 91개의 암도(암각으로 구성된 부속도서)가 있고 지목은 임야이며 37필지로 총면적은 187,453㎡이며 해안선은 약 5km 정도이다.

① 동도
동도는 서도의 동남쪽으로 위치하며 정상의 높이는 98.6m이고 둘레는 2.8㎞이며 면적은 73,297㎡이다. 해안은 가파른 단애를 이루고 있는데 섬의 장축은 북북

동 방향으로 약 450m에 걸쳐 경사 60°로 뻗어있고 경사면은 20~30㎝ 두께의 토양이 지표를 형성하고 있다. 섬 중앙부에는 원형상태로 해수면까지 깊이 100m 정도 꺼진 분화구인 수직홀, 이름하여 천장굴이 있는 것이 특징이다. 동도에는 유인 등대를 비롯하여 통신탑, 레이더, 헬기장, 경비초소 등 각종 시설물이 설치되어 있다.

② 서도

서도는 동도의 서북쪽으로 위치하며 정상의 높이는 174m이고 둘레는 2.6km이며, 면적은 88,639㎡이다. 서도는 전체적으로 험준한 원추형 모양을 이루고 있으며 경사가 심하여 정상부분의 접근이 어렵고 해안의 단애에는 해식동굴이 많다. 섬의 장축은 남북방향으로 약 450m이고 동서방향으로는 약 300m 가량 뻗어있다.

③ 부속도서

독도에는 동도와 서도라고 불리는 2개의 본섬 외에 89개의 크고 작은 암도(암각들로 구성된 부속도서)들이 있는데 부속도서의 총면적은 25,517㎡이며 그것들에는 얼굴바위, 탱크바위, 가제바위, 독립문바위, 권총바위, 삼형제동굴바위, 코끼리바위, 장수바위, 귀바위 등등의 이름들이 각각 붙여져 있다.

④ 해협

동도와 서도 사이의 해협은 남북으로 330m이고 동서로는 좁은 곳은 110m, 넓은 곳은 160m 정도이며 수심은 10m 미만이다.

[2] 독도의 자연

① 지질

독도는 알칼리성 화산섬으로 울릉도의 지질구조와 비슷하며 상부는 조면암과 응회암, 하부는 현무암으로 되어 있고 토양은 잔적토로서 흑갈색, 암갈색의 사질 양토이다. 해안은 대부분 암석해안으로 가파른 해식애와 넓은 파식대지, 점점이 산재한 암도(岩島 : Sea stack의 일종) 등이 발달되어 있다. 특히 동도의 동남쪽에는 많은 해식동(海蝕洞)과 수중아치가 있으며, 서도의 북쪽과 서쪽에는 파식대지가 넓게 펼쳐져 있다.

② 기후

해풍이 심한 해양성기후로 연평균기온은 13.93℃이고 강수량은 1,240mm 정도이며 강우일수는 150일, 흐린 날은 160일 이상이 된다. 해수면 온도는 높을 때는 25.4℃이고 낮을 때는 9.3℃이다.

③ 식생

식생으로는 측백나무과·노박덩굴과·장미과 등 목본식물 3종과 명아주과·비름과·질경이과 등 초본식물 50여종이 자생한다고 보고되고 있으며 독도의 식생은 조사하는 시기에 따라서 차이가 있는데 이것은 계절별 식생변화가 심함을 뜻한다. 한 조사에 의하면 식생은 총 1문 3강 21목 29종과 50속 1아종 9변종 1품종으로 총 59종류가 자생하는 것으로 조사됐으며 조류는 4목 18과 62종, 곤충류는 9목 37과 58종이며, 해양생물로는 무척추동물이 9개문 총 274종, 어류는 8목 14아목 31과 75종이 확인된 바 있고 다른 조사에서는 유입종인 쇠별꽃, 냉이, 민들레, 후박나무, 섬초롱꽃, 보리밥나무를 포함하여 모두 26과 39속 36종 6변종 등 총 42종류의 관속식물이 있다고 보고했다.

우점종인 해국은 섬의 어디에서나 군락을 이루고 있고 나리꽃과 양치식물인 도깨비고비도 돌피와 더불어 군락을 이루고 있다. 벼과식물이 15종으로 가장 많으며 그 다음이 국화과 식물로 11종으로 나타났다. 자생 목본(나무)류는 4종이 발견됐는데 동도의 중턱과 서도의 물탕골 가는 길 서쪽 능선에 섬괴불나무가 군생하며, 사철나무도 동서도의 경사지에 상당히 넓게 서식하고 있고 보리수나무와 동백나무도 서도에서 필자가 발견하였다. 섬기린초, 큰개미자리, 땅채송화, 갯까치수염, 갯사상자, 참억새, 마디풀, 쇠비름, 참비름, 명아주, 방가지똥, 까마중, 박주가리, 바랭이, 괭이밥, 소리쟁이 등이 섞여 자라고 있다.

④ 조류

조류로는 백로·바다제비·슴새·괭이갈매기·황초롱이·물수리·노랑지빠귀 등 비교적 다양한 종류가 서식하며 철새들의 쉼터가 되고 있다. 특히 바다제비·슴새·괭이갈매기 등의 번식지는 천연기념물 제336호로 지정되어 있다. 특히 독도는 괭이갈매기가 유명한데 2월 하순에 독도를 찾아와 4월에 알을 낳기 시작하고 5월에 부화한다. 그래서 오뉴월의 독도는 괭이갈매기 천국이 된다.

⑤ 곤충류

곤충류로는 잠자리, 집게벌레, 메뚜기, 매미, 딱정벌레, 파리, 나비 등 7목 26과 37종이 보고되었는데 독도에서만 발견되는 것도 3종이 있다.

⑥ 포유류

포유류는 1973년 경비대원이 육지에서 가져가 방사한 토끼가 번식하고 있었으나 섬토양 파괴가 심하여 포획 처리하여 2010년 현재는 존재하지 않는다. 그리고 서도의 북쪽 바다에 가제바위가 있는데 요즘도 이곳에 드물게 물개가 출현한다. 필자가 독도를 방문했을 때 물개를 본 수비대원을 만났다. 독도를 가제도라고 부르고 한문으로 可支島라고 쓰기도 했는데 이는 물개를 울릉도 주민이 가제라고 부르는데 연유하며 그만큼 독도에 물개가 많이 출현했었다는 것이다.

⑦ 바다

독도 근해의 표면수온은 3~4월에는 10℃ 정도로 가장 낮고 8월에는 25℃ 정도이다. 북한해류와 쓰시마해류(對馬海流)가 이 부근에서 선회한다. 표면수의 염분 농도는 33~34%로 높고, 표층산소량은 6.0㎖, 투명도는 17~20m로 상당히 맑은 수역이다. 한·난류가 교차하며 플랑크톤이 많아 회유성 어족이 풍부하다. 특히 오징어·문어·명태·대구·상어·볼락·고래·연어·송어, 대하 등이 많이 잡히고 전복· 소라게, 홍합 등도 채취된다. 미역과 다시마 등과 같은 해조류도 다양하고 풍부한데 남색조류 5종, 홍색조류 67종, 감색조류 19종, 녹색조류 11종이 각각 보고되어 있다.

⑧ 주민

주민으로는 울릉도에 살던 최종덕(崔鍾德)씨가 1965년부터 거주하기 시작하였으며 고인이 된 후 지금은 김성도씨가 전입하여 살고 있다.

⑨ 샘물

독도에는 식수용 물이 귀한데 1965년에 서도의 서북쪽에 해안에 있는 약 5m 높이의 한 동굴(이름하여 물탕골)에서 하루 10드럼 정도의 맑은 물이 나오는 것이 발견됐다. 필자가 근무할 당시에는 동도에서는 빗물을 받아 식수로 사용하였으며 서도의 주민 최종덕씨 등은 물탕골 물을 이용하였다. 그러나 현재는 해수를 담수화하여 사용하므로 물탕골의 물은 어민 비상급수용 등으로만 존재한다.

[3] 독도의 지질과 지형

독도의 지질구조는 울릉도와 비슷한데 독도를 구성하는 암석은 하부는 현무암질 집괴암이고 상부는 조면암질 집괴암과 응회암이 호층을 이루고 있다. 독도는 화산암이며 수심 2천m가 넘는 동해 한 가운데서 분출했다. 특기할 만한 것은 이 일대에는 해산들이 있는데 산꼭대기가 바다 위로 나와 있는 해산으로 ①울릉도 ②독도를 꼽을 수 있고 ③산꼭대기가 바다 속에 잠겨 있는 해산으로 울릉도 동방 38km 지점에 한 개 ④독도 동남방 45km 지점에 한 개 ⑤독도 동남방 50km 지점에 한 개 등 모두 다섯 개의 해산들이 동쪽과 서쪽으로 해산열을 형성하고 있으며 대마해분의 북쪽 경계를 이룬다. 이것은 독도가 울릉도보다 먼저 생겼다는 사실을 입증하는 것으로 한국해양연구소 최동림 박사는 독도는 약 450만년 전부터 250만년 전까지 약 200만년 동안 바다 밑 화산활동에 의해 형성됐고, 울릉도는 지금으로부터 약 270만년 전후부터 약 1만년 전까지 완성된 것으로 추정한다. 독도는 지형적으로 원래 하나의 섬이었는데 거센 파도와 물결이 섬을 때리면서 부드러운 성질의 돌로 된 섬을 천천히 깎아 들어간 '파랑해식작용'에 의해 동도와 서도로 나뉘었고 주변에 암도 및 암각들이 형성된 것이라고 한다. 참고로 제주도는 약 120만년 전부터 약 1천년 전 사이에 형성된 섬이다.

〈한국정신문화연구원 『민족문화대백과사전』 1991년 제7권
조화룡 경북대학교 지리학과교수〉

| 우산도
(于山島)
(512년) | 삼봉도
(三峰島)
(1471년) | 가지도
(可支島)
(1794년) | 석도
(石島)
(1900년) | 독도
(獨島)
(1906년) |

[1] 서기 512년 이전

언급한 바와 같이 독도는 지금으로부터 약 450만년 전부터 250만년 전까지 약 200만년 동안 바다밑 화산활동에 의해 형성됐고 울릉도는 지금으로부터 약 270만년 전후부터 약 1만년 전까지 완성된 것으로 추정한다. 이처럼 독도가 울릉도보다 먼저 생성된 섬이지만 독도는 오랫동안 무인도로 있었다.

512년 신라의 하슬라주(何瑟羅州 : 溟州)의 군주(軍主) 이사부(異斯夫)가 우산국을 신라에 귀속시키기 이전까지 울릉도는 우산국(于山國)이라는 고대부족읍락국의 독립국가를 이루고 살았는데 그 영역은 가시거리 내에 위치한 독도를 포함해 울릉도 주변의 소도서에 이르렀다. 문헌의 기록에 의하면 지형 및 토양으로 보아 반어반농집단생활을 하였으며 상대적으로 낮은 문화 수준이었으나, 신라 사람과 언어가 통하고 왕래도 있은 듯하다. 우산국 사람들은 본토에 귀속되는 것을 거부하며 살아 왔다.

[2] 신라시대

512년(2845, 壬辰) 신라 지증왕 13,『三國史記』권4 新羅本紀 4 智證麻立干 13年條, 권44 列傳 4 異斯夫傳,『三國遺事』

至十三年 壬辰 爲阿瑟羅州軍主 謨幷于山國 謂其國人愚悍 難以威降 可以計服 乃多造木偶師子 分載戰船 抵其國海岸 詐告曰 汝若不服 則放此孟獸踏殺之 其人恐懼則降

6월 신라는 하슬라주(何瑟羅州 : 강릉지역)의 軍主 異斯夫로 하여금 우산국을 정벌케 하다. 이사부는 목우사자(木偶獅子)를 무기로 써서 우산국을 정복하였다. 그 후 우산국은 신라에 매년 토산물을 바쳤다. 삼국사기에 우산국은 溟州 正東의 섬鬱陵島를 일컫는다고 기록되어 있으며 삼국유사에는 같은 기사에 于陵島(羽

陵)라고 기록되어 있다.

[3] 고려시대

930년(3263, 庚寅) 고려 태조 13, 『高麗史』 권1 太祖世家 1

8월 于陵島에서 사절로 백길, 토두 두 사람을 보내어 조정에 공물을 바쳤다. 이때 고려 조정에서 백길에게는 정위, 토두에게는 정조라는 벼슬을 내렸는데 그때가 고려 태조 왕건이 길창(안동) 전투에서 후백제 견훤을 무찌른 해이다.

1018년(3351, 戊午) 고려 현종 9 『高麗史』 권4 顯宗世家 1

11월 于山國이 여진족의 침략을 받고 廢農하게 되었으므로 李元龜를 파견하여 농기구와 물품을 보내다. 이때부터 울릉은 한동안 쇠퇴하였다.

1019년(3352, 己未) 고려 현종 10 『高麗史』 권4 顯宗世家 1

7월 여진족의 침략을 피해 본토로 도망 와 있던 우산국 사람들을 모두 돌려보내려 하다.

1022년(3355, 壬戌) 고려 현종 13, 『高麗史』 권4 顯宗世家 2

7월 여진족의 침략을 피해 본토로 도망 와 있던 우산국사람들을 禮州(당시 평해·영덕·영양 등지를 관할하는 지방행정 조직체)에 정착하게 하다.

1032년(3365, 壬申) 고려 덕종 1, 『高麗史』 권5 德宗世家

우산국 대신 우릉(于陵 또는 羽陵)으로, 宇山國主 대신 于陵城主로 이름을 바꾸다. 이로써 우릉도와 우산도(독도)로 구성된 우산국이 중앙정부의 관할 아래 들었음을 뜻한다. 11월에 羽陵城主는 아들 夫於仍多郎을 보내 토산품을 바치다.

1141년(3474, 辛酉) 고려 인종 19, 『高麗史』 권17 仁宗世家 3

7월 溟州道監倉使 李陽實이 울릉도(蔚陵島)로 사람을 보내 특이한 과실과 나물을 채취하여 왕실에 바치다.

1157년(3490, 丁丑) 고려 의종 11, 『高麗史』 권18 毅宗世家 2

5월 우릉도(羽陵島)에 주민을 이주시키려 溟州道 監倉 殿中內給事 金柔立을 보내 섬을 조사시키다. 섬의 중앙 꼭대기(성인봉)에서 동으로 1만여보, 서로 1만3천여보, 남으로 1만5천여보, 북쪽으로 8천여보에 달하고 마을이 7군데가 있음을 보고하다.

1197년(3530, 丁巳) 고려 명종 27

동쪽지역에 이주하여 농사를 지었으나 풍파가 심하여 서쪽으로 이주하게 하다.

1243년(3576, 癸卯) 고려 고종 30, 『高麗史』 권129 列傳 叛逆 3 崔忠獻 附 崔怡傳

대몽항쟁 중 崔怡에 의해 울릉도(蔚陵島)로 주민을 이주시켰으나 익사자가 많이 생겨 이주정책이 중지되다.

1246년(3579, 丙午) 고려 고종 33, 『高麗史』 권23 高宗世家 2

5월 國學學諭 權衡允과 及第 史挺純이 蔚陵島 安撫使로 임명되다.

1273년(3606, 癸酉) 고려 원종 14, 『高麗史』 권27 元宗世家3, 권130 列傳 叛逆4 趙 附 李樞傳

元이 李樞를 파견하여 伐木을 요구하였으므로, 2월 簽書樞密院事 許珙을 울릉도 작목사(斫木使)로 임명하여 함께 가게 하다. 벌목은 고려의 요청에 의해 곧 중지되다.

1326년(3659, 丙戌) 고려 충목왕 2, 『高麗史』 권37 忠穆王世家

東界의 芋陵島人이 來朝하다.

1379년(3712, 己未) 고려 우왕 5, 『高麗史』 권134 叛逆 6 辛禑 1

7월 倭가 武陵島에 들어와 보름동안 머물다가 물러가다.

[4] 조선시대

1403년(3736, 癸未) 조선 태종 3, 『太宗實錄』 권6.

8월 관찰사의 장계를 따라 江陵道 武陵島 거주민을 육지로 나오게 하다.

1416년(3749, 丙申) 조선 태종 16

독도와 울릉도에 대한 실효적 지배를 분명히 인식하여 왜구로부터의 침략에 대한 예방책으로서 울릉도에 사람이 살지 못하도록 비워두는 **공도정책**을 실시하게 된다. 공도정책에 대해서는 수정되어야 한다는 견해가 여러 번 제기되었고 울릉도에 읍을 설치해야 한다는 주장도 있었다. 그러나 공도정책은 계속되어 거주민들을 쇄환하고 이들에게 '본국을 모반한 죄'를 적용하여 처벌하기까지 하였다. 그 결과 내륙인들의 울릉도 왕래는 끊어지게 되었고 울릉도와 독도는 점차 잊혀져가는 섬이 되었다.

1417년(3450, 丁酉) 조선 태종 17

김인우를 우산무릉등처안무사로 임명하고 울릉도로 파견하여 15호 86명이 거주하고 있음을 확인하다. 그 중 3명은 안무사의 설득으로 육지로 이주하다. 고려 말의 정권불안정과 부패로 부담되는 가중한 세금과 부역을 피하기 위해 울릉으로 이주하였는데 이것을 막기 위해 공도정책을 시행하다. 우산무릉등처란 섬이 우산도와 무릉도 등 2개가 있다는 표현으로 독도를 우산도로 호칭하였다.

1425년(3758, 乙巳) 조선 세종 7, 『世宗實錄』 권30

세종도 공도정책을 계승하여 10월 于山武陵等處按撫使 金麟雨를 다시 파견하여 남녀 20명을 잡아와서 충청도의 깊은 산골에 정착시키고 3년간 세금을 면제해 주다.

1432년(3765, 壬子) 조선 세종 14

세종 14년에 편찬된 "세종실록지리지강원도 울진현조"에 우산·무릉 두 섬이 울진현 正東 바다 한가운데 있다. 두 섬 간의 거리는 멀지 않아서 청명한 날에는 바라다 보이며 신라 때는 우산국이라 불렀다고 기록하고 있다.

于山·武陵二島 在縣正東海中 二島相距不遠 風日淸明 則可望見 新羅時 稱于山國

1438년(3771, 戊午) 조선 세종 20

남회와 조민을 무릉도 순찰경차관으로 파견하여 남녀 66명을 수색해서 본토로 송환하고 본국 모배죄를 적용하여 주모자 김안은 교수형에 처하고 나머지는 노복으로 삼다.

1441년(3774, 辛酉) 조선 세종 23

만호와 남호에게 울릉도 수색을 지시하여 70여명을 송환하고 공도정책을 계속 이어갔다. 그러자 울릉도 독도에는 사람이 아무도 살지 않게 되었다.

1451년(3784, 辛未) 조선 문종 1 『高麗史』권58 地理3 東界 蔚珍縣條

고려사가 편찬되었는데 『地理志 동계 울진현조』에 "鬱陵島는 현의 정동쪽 바다 가운데 있다. 于山・武陵은 원래 두개의 섬으로 서로 거리가 멀지 않아 날씨가 맑으면 바라볼 수 있다고 한다"라고 기록하였다.

1454년(3787, 甲戌) 조선 단종 2, 世宗實錄地理志 卷 153

강원도 울진현조에 울릉도와 독도 두 섬의 개략적인 위치를 "우산・무릉 두 섬이 정동해 중에 있다. 두 섬은 서로 멀리 떨어져 있지 않아 날씨가 청명하면 바라볼 수 있다"고 기록하고 있는데 이것은 세종 14년(1432년)에 편찬된 《신선입도지리지》를 그대로 옮긴 것이라고 밝히고 있다.

1469년(3802, 己丑) 성종 1

성종실록에 김자주라는 사람은 "25일에 섬 서쪽 7~8리 남짓한 거리에서 보니 북쪽에 세개의 바위가 나란히 섰고, 다음은 작은 섬이 있고, 또 다음은 암석이 나란히 섰으며, 그 다음은 중도이고, 중도 서쪽에도 작은 섬이 있는데 그 모두가 바닷물과 통한다. 바다와 섬 사이는 인형 같은 것이 별도로 30여개가 서 있는데 의심나고 두려워 섬에 접할 수가 없어 도형을 그려 돌아왔다"고 기록하였다.

1472년(3805, 壬辰) 조선 성종 3, 『成宗實錄』권15, 17, 19

2월 병조에서 三峯島를 찾기 위한 節目을 올리다.

4월 三峯島敬差官 朴宗元이 탐사를 나가다.

6월 강원도 관찰사가 치계(馳啓)하기를 5월 28일 울진포를 출발한 박종원 일행이 풍랑을 만나서 6월 6일 간성군으로 돌아왔고 사직(司直) 곽영강(郭永江) 등 나머지 3척은 5월 29일 무릉도(武陵島)에 도착하여 섬을 수색하고 6월 6일 강릉 우

계현(羽溪縣)으로 돌아왔다고 하다.

1531년(3864, 辛卯) 조선 중종 26, 『新增東國輿地勝覽』 권 45

울진현조에 우산도와 울릉도 두 섬은 울진현 정동에 있다. 우산도의 세봉우리가 하늘로 곧게 솟았으며 남쪽봉우리가 약간 낮다. 날씨가 맑으면 울릉도에서 세봉우리가 보이고 바람이 잦아지면 이틀에 도착할 수 있다고 기록하고 있다.

1614년(3947, 甲寅) 조선 광해군 6, 『光海君日記』 권82, 『邊例集要』 권17 雜條 附 鬱陵島

6월에 대마도주는 조선 동래부에 서계(일종의 외교문서)를 보내면서 "도꾸가와 이에야스(德川家康)의 분부로 죽도(울릉도)를 탐견(探見)하려고 하는데 큰 바람을 만날까 두려우니 길 안내를 내어달라"라고 하였다(변례집요 울릉도조). 이에 조선조정의 예조에서 이를 거절하는 회유문을 보냈다.

1617년(3950, 丁巳)

일본의 오타니家와 무라까와家 두 가문은 '죽도(울릉도)도해면허'를 받은 후 약 40년 후인 1661년에 '송도(독도)도해면허'를 막부로부터 얻게 된다. 이 '송도(독도)도해면허'를 신청할 무렵인 1660년 9월 5일자로 오타니 가문이 무라까와 가문에게 보낸 편지에는 "장차 또 내년(1661년)부터 竹島之內松島에 귀하의 배가 건너가게 되면"이라는 기록이 나오는데, 『이는 독도(송도)를 울릉도(죽도)의 부속도서로서 인식하고 있었다는 것을 보여주는 중요한 대목』이다(신용하 교수).

1618년(3951, 戊午)

도꾸가와막부는 조선정부 몰래 일본의 호우키번의 오오타니, 무라카와 두 가문에 죽도(울릉도) 도항면허(외국과의 통상을 허가한다는 정부의 허가서로서 일본 정부는 독도·울릉도가 한국의 영토임을 인식하고 있었음을 증명함)를 발급받아 어업을 하고 전복을 막부에 헌상했다. 다케시마는 울릉도로 가는 도중의 기항지, 어로지로서 이용되었다.

1661년(3994, 辛丑) 조선 현종 2

호우키번의 오오타니, 무라카와 두 집안이 막부로부터 다케시마를 배령했다.

1693(4026, 癸酉) 조선 숙종 19,『肅宗實錄』권26 · 30,『邊例集要』권17 雜條 附 鬱陵島,『五洲衍文長箋散稿』권35 陵島事實辨證說,『旅菴全書』권7 疆界考島 鬱陵島條 安龍福事.

독도를 자산도로 호칭하다. 대마도주가 동래부로 조선 어민의 죽도 출어금지를 요청하는 서계를 보내어오다. 조선조정에서는 울릉도가 조선 영토임을 확인하는 회신을 대마도주에게 보내다. 영의정 남구만은 형세조사차 삼척첨사를 울릉도에 파견하다. 일본의 도쿠카와막부는 대마도주로 하여금 울릉도가 조선영토임을 확인하는 동시에 불법월경을 스스로 금지시키겠다는 서계를 보내었다.

1694년(4027, 甲戌)

일본은 조선측 서계에 있는 '울릉' 두 자의 삭제를 요청하는 서계를 다시 보내어왔다. 대마도주의 요청이 집요하므로 조선측에서도 강경하게 대처하지 않을 수 없었다. 그리하여 죽도, 즉 울릉도는 조선의 판도로서 興地勝覽에 실려 있다고 하고 앞으로 일본어민들의 왕래를 금한다는 내용의 서계를 대마도로 보냈다. 일설에는 일본 도쿠카와막부는 울릉도와 독도를 두고 "두 섬은 조선의 영토"라는 서계를 휘하의 덕천관백과 태수에게 쓰게 했을 만큼 독도의 조선 영유권을 존중하였다고 하나 대마도주는 이런 조선측 통보에 승복하려 하지 않았던 것 같다.

조선조정은 울릉도 수토제도를 채택하고 3년에 한 번씩 울릉도와 그 부속도서에 관원을 보내 순검케 하여 울릉도와 독도에 대한 주권은 변함없이 행사하다.

안용복, 박어둔 등 40여명의 조선어부는 울릉도, 독도에서 조업 중인 일본선 발견하고 추방을 위해 격투하고 은기도(隱岐島)를 거쳐 도일하다.

안용복(安龍福)의 1차 渡日-3월 동래와 울산의 어부 40여명이 울릉도에서 일본어부와 충돌했는데 일본인들이 안용복과 박어둔(朴於屯)을 꾀어 은기도(隱岐島)로 납치하였다. 안용복은 은기도주(隱岐島主)에게 자신들을 잡아온 이유를 따지고 다시 백기주 태수(伯耆州 太守)를 만나 울릉도는 조선의 영토이므로 일본인의 울릉도 왕래를 금해줄 것을 요구하다. 伯耆州 太守는 막부에 보고하고 이를 준수하겠다는 서계(書契)를 안용복에게 전달하였다.

1696년(4029, 丙子)

숙종 22년 1월 일본막부(幕府)는 일본인의 울릉도 도해금지령(渡海禁止令)을 내린 전달서를 조선측에 보내오다. 그러나 독도 도항은 금지하지 않았다.

8월 다시 울릉도에 출어했던 안용복은 평산포(平山浦) 사람 이인성(李仁成) 등과 함께 일본어선을 추격하여 울릉도와 독도(子山島-于山島)를 거쳐 2차 渡日하다. 그들은 백기주로 들어가 울릉자산양도감세(鬱陵子山兩島監稅)라 가칭하고, 태수에게 전일의 약속을 지키지 않은 것을 따진다. 백기주 태수는 울릉도 독도지역을 침범한 일본인들을 처벌하였고, 안용복에게 "두 섬은 이미 조선에 속했고, 다시 침범하는 자가 있거나, 대마도주가 함부로 침범할 경우 엄벌에 처하겠다"고 약속 함. 안용복은 막부에 대한 상소를 취하하고 강원도로 돌아온다. 肅宗實錄 권30

1697년(4030, 丁丑) 조선 숙종 23, 신증동국여지승람 권 45

숙종 23년 2월 일본 막부는 독도가 조선영토임을 공식인정하고 대마도주도 1697년 "일본 어민들의 울릉도 漁採를 금한다"는 막부의 결정을 동래부로 서계를 알려 와서 조일간 울릉도 영유권 분규가 매듭지어졌다.

조선정부는 3년에 1차례씩 三陟營將 등이 울릉도를 순찰하는 울릉도 搜討制度를 정식화하였는데 그 기원은 1694년 "울릉이 조선판도"라는 서계를 대마도로 보낸 직후에 있었던 三陟僉使 張漢相의 울릉도 순찰이 된다. 수토가 정기적으로 실시됨에 따라 동해의 지리가 밝혀졌다. 지도 작성에 있어서도 鄭尙翼(1679~1752)의 東國地圖에 보이듯이 울릉도와 우산의 위치와 크기가 정확하게 표시되어 있을 뿐만 아니라 일본과의 국경도 가늠하게 되었다.

1699년(4032, 己丑) 조선 숙종 25

안용복은 일본 에도막부로부터 울릉도. 독도가 조선 땅임을 인정하는 증서를 받는다.

1714년(4047, 甲午) 조선 숙종 40

일본과의 국경도 가늠은 강원도 어사 趙錫命의 보고에 "울릉도 동쪽으로 도서가 잇달아 있고 이 섬들은 倭境과 접하게 된다"고 한 것이 그 예이다. 이는 일본에서 가장 오래된 독도, 즉 松島에 관한 기록인 사이토[齋藤豊仙]의 隱州視聽合記에 **"일본의 서북경은 은주(隱州 : 隱岐)로써 한계를 삼는다"**라고 한 것과 부합된다. 이처럼 17세기 말엽 이후 조선측의 울릉도·독도에 대한 지리적 지식이 확대되어간 반면에 일본 측은 위축되어갔다. 그 까닭은 막부의 도해금지령에 따라 일본

연해민들의 울릉도 왕래가 거의 끊어졌기 때문이다. 그런즉 연해민들의 울릉도 왕래가 재개되는 19세기 중엽(막부 말기~明治維新 초기에 해당)에 이르러서는 島名의 혼란이 일어났다. 울릉도를 다케시마[竹島 : 울릉도]로, 독도를 마쓰시마[松島]로 부르던 것이 오늘날은 독도를 죽도[竹島], 즉 다케시마로 호칭하는가 하면 랑고시마[リャンコ島]라는 서양식 이름을 붙이기도 하였다.

1726년(4059, 丙午) 조선 영조 2, 『英祖實錄』 권1

10월 강원도 儒生 李昇粹가 鬱陵島에 邊將을 두고 주민을 모아 경작하게 하자고 상소하였으나 받아들여지지 않다.

1785년(4118, 乙巳) 조선 정조 9, 『三國通覽圖說』(林子平, 1785)

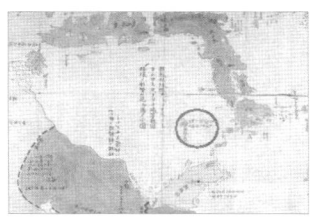

◀ 좌측 지도는 울릉도와 독도를 조선의 색깔인 황색으로 칠하고(朝鮮 / 持 =-조선의 것)이라고 글자를 써넣어(적색원) 독도와 울릉도가 조선 영토임을 더욱 명료하게 표시하고 있다.

일본의 실학자 하야시시헤이(林子平)가 저술한 『三國通覽圖說』의 附圖 三國接壤地圖와 朝鮮八道地圖에서 울릉도와 독도를 조선의 영토로 표기하다.

1848년(4181, 戊申) 조선 헌종 14, 포경선 『체러키호 항해일지』.

4월 17일 미국 포경선 체러키(Cheroke)호가 독도를 발견하다(북위 37도 25분, 동경 132도 00분).

1849년(4182, 己酉)

프랑스의 포경선 리앙크루호가 독도를 발견

1854년(4187, 甲寅) 조선 철종 5, 『올리부차호 항해일지』

4월 6일(러시아) 푸자친 제독이 지휘하는 러시아 극동원정대 4척 중 하나인 올리부차호가 마닐라에서 타타르해협으로 향하던 중 독도를 발견하다. 서도는 섬을 발견한 함정의 이름을 따서 '올리부차'로, 동도는 올리부차호의 최초 함정 이름이었던 '메넬라이'로 명명되었고, 두 섬은 조선의 영토로 파악되다. 독도에 관한 울리부차호의 탐사내용은 바스트크호의 울릉도 관측내용 및 팔라다호의 조선 동해안 측량내용과 함께 러시아 海軍誌 1855년 1월 호에 실려 1857년 러시아 해군이 작성한 조선동해안도의 기초자료가 되다.

☞참고자료『올리부차호 항해일지』(1854), 러시아『해군지』(1855), 일본 해군성 수로국의 조선동해안도(朝鮮東海岸圖)(1876), 러시아의 해군성 수로국의 조선동해안도(1857, 1882)

1870년(4203, 庚午) 조선 고종 7,『朝鮮國交際始末內探書』

1869년 12월 조선에 밀파된 일본외무성 관리들이 귀국하여 1870년 4월 복명서『조선국제시말내탐서(朝鮮國交際始末內探書)』를 제출하다. 그 복명서에는 '竹島(울릉도)와 松島(독도)가 조선의 영토로 되어 있는 始末'을 조사한 내용이 실려 있다.

1877년(4210, 丁丑)

일본 太政官이 울릉도와 독도를 조선영토라고 판단하여 "울릉도와 독도는 일본과 관계없는 곳"이므로 일본 地籍에 포함시키지 말라는 결정을 내무성에 공문서를 내려 보냄(일본국립공문서관 소장).

1881년(4214, 辛巳) 조선 고종 18

독도라는 호칭이 출현하다. 일본 어민들의 울릉도 왕래가 재개된 것은 19세기 중엽부터지만 조선측 수토관에 의하여 확인된 것은 1881년에 이르러서였다. 그에 대해 조선정부는 일본 외무성으로 서계를 보내어 엄중 항의하는 한편, 副護軍 李奎遠을 울릉도검찰사(檢察使)에 임명하고 현지에 파견하였다. 이는 개척여부의 조사를 겸한 것으로 검찰사 이규원은 1882년 울릉도를 검찰하고 돌아와 그 결과를 국왕에게 보고하였다. 그 요지는 개척이 가능하며 현재도 많은 사람들이 살고 있다는 것이었다. 따라서 조선정부에서는 울릉도 개척을 결정하고 다음해부터 희망자를 모집하여 입거(入居)시키기 시작하는 울릉도 개척령이 반포(척민정책)되었다. 이로써 당시까지의 공도정책이 수정되었다.

1895년(4218, 乙酉) 조선 고종 32

민호(民戶)가 점차 불어남에 따라 1895년 초에는 약 200년간 계속되어 오던 울릉도 수토제도를 폐지하고 도감제(島監制)를 설치하여 도민 중에서 도감을 임명하였다.

[5] 대한제국

1898년(4231, 戊戌) 대한제국 광무 2,『高宗實錄』권37,『官報』제962호 光武 2年 5月 30日

5월 30일 칙령 제12호(5월 26일)로 울릉도감(鬱陵島監) 설치를 반포하다. 島監은 本土人으로 임명하고 판임관(判任官) 대우를 하다.

1899년(4232, 己亥) 대한제국 광무 3,『高宗實錄』권39,『官報』제1448호 光武 3年 12月 19日

12월 19일 일본인의 도벌과 횡포가 계속되므로 내부대신(內部大臣) 이건하(李乾夏)의 주청으로 울릉도(鬱陵島)에 시찰위원(視察委員)을 파견하다. 시찰위원에는 우용정(禹用鼎)이 임명되다.

1900년(4233, 庚子) 대한제국 광무 4, 禹用鼎의『鬱島記』,『高宗實錄』권40,『官報』제1716호 光武 4年 10月 27日

울릉도에 지방관이 파견되기 시작한 것은 內部視察官 禹用鼎이 현지를 시찰하고 돌아온 뒤의 일이다. 5월 31일 울릉도시찰위원 우용정과 부산 주재 일본영사관보 적총정보(釜山駐在日本領事館補 赤塚正補) 등 한·일 양국의 조사단이 울릉도에 도착하여, 6월 5일까지 일본인의 비행과 재목도벌 및 세금징수 여부에 대해 조사하고 島內의 實情과 島勢를 파악하다. 6월 15일 우용정이 돌아와 보고서『鬱島記』를 제출하고, 일본인의 조속한 철수와 울릉도 官制의 개편을 건의하다.

10월 27일 칙령 제41호(10월 25일)를 반포하여 울릉도(鬱陵島)를 울도(鬱島)로 개칭하고, 도감(島監)을 군수(郡守)로 바꿈으로써, 강원도의 27번째 郡으로 지방관제(地方官制)에 편입되다. 칙령에 의하면 군청의 위치는 태하동(台霞洞)으로 하고 울도군수(鬱島郡守)의 관할구역은 鬱陵全島와 竹島(댓섬), 石島(독도)로 하다. 석도를 훈독(訓讀)하면 '독섬' 혹은 '돌섬'이 되는데 지금도 울릉도민들은 독도를 '독섬' 혹은 '돌섬'이라 부르고 있다. 도감을 군수로 개정하였으므로 현임

도감 배계주(裵季周)가 초대군수가 되었으며 울릉군을 南面과 北面으로 나눔에 따라 독도는 울릉군 남면에 속하게 되다. 석도는 돌석자로 즉 독도를 의미한다. 독도의 독은 홀로(독)이라고 하고 돌(독)이라고도 한다.

1904년(4237, 甲辰) 고종 41, 대한제국 광무 8,『官報』號外 光武 8年 3月 8日『極秘明治三十七八年海戰史』,『軍艦新高戰時日誌』,『島根縣誌』(1923)『隱岐島誌』(1933),『軍艦對馬戰時日誌』

울릉도 호수는 400호에 달하였고 여름철에는 수십명의 어민이 독도 부근에 출어하였다. 섬 위에 작은 집을 만들고 매회 약 10일간 기거한다고 했다.

2월 10일 일본 · 러시아에 선전포고, 2월 23일 제1차 韓日議定書에 강제조인하다. 이로써 일본은 러일전쟁을 위해 한국영토를 임의로 점령 사용할 수 있게 되었고 독도에 일본 해군부대를 설치하다.

6월 15일 러시아 블라디보스토크함대가 남하하여 조선해협 동수도(朝鮮海峽 東水道 현재의 대마해협)에서 일본 육군 수송선 2척을 격침하다.

8월 22일 제1차 한일협약 강제조인하다. 일본은 대한제국의 정부 내에 재정과 외교고문을 설치하다.

9월 2일 러시아함대의 감시를 위해 울릉도에 망루 설치 업무를 개시하다.

9월 24일 독도에 망루설치가 가능한지 조사하기 위해 일본군함 新高가 울릉도를 출발하다. 新高號는 독도에 대해 "리앙꼬루도島岩은 韓人은 이를 獨島라고 書하고 本邦 漁夫들은 리앙꼬島라고 호칭"하며 망루설치가 가능하다는 보고서를 작성하다.

9월 29일 일본 어민 中井養三郎 "독도를 일본영토에 편입하고 자신에게 빌려 달라"는 문서를 외무성, 내무성, 농상무성에 제출하다.

11월 20일 독도가 한 · 일간을 연결하는 해저전선의 중계지로 電信所 설치에 적합한지를 조사하기 위해 일본군함 對馬가 독도에 도착하다.

1905년(4238, 乙巳) 대한제국 광무 9,『秋鹿村役場本 시마네현(島根縣) 고시 40호(回覽用)』

1월 28일 일본 각의에서 中井養三郎의 청원을 받아들이는 형식을 빌려 "독도는 주인 없는 무인도(無主地)로서, 다케시마(竹島)라 칭하고 일본 도근현 은기도사(島根縣 隱岐島司)의 관할 하에 둔다"고 일방적으로 결의하다.

2월 22일 일본 소위 시마네현(島根縣) 고시 40호를 날조하여 국제법상 무주지선점(無主地先占)에 있어 '영토취득의 국가 의사'라는 요건을 모두 충족시켰다는 합법성을 가장하려 하였다. 이 고시는 실제 고시되었다는 증거도 없으며 또 이 시기는 한반도 침략을 목적으로 한 영토편입 형태이므로 1905년 이전에도 일본이 독도를 배타적으로 영유하였다는 근거가 없는 영토편입은 무효이다.

5월 17일 일본 독도를 관유지(官有地)로서 시마네현 토지대장에 등재하다.

6월 5일 시마네현 지사, 나카이 요자부로 외 3명에 대해 강치조업의 허가를 냄.

7월 22일 해군인부 38명이 다케시마에 상륙해 가설망표를 세움.

8월 19일 마쓰나가 부키치 시마네현 지사가 수행원 3명과 함께 해군 군용선 교토마루를 타고 독도 시찰.

8월 29일 일본 독도망루 준공하다.

9월 5일 러 · 일강화조약(포츠머드조약) 체결하다. 한국에서의 일본의 특수권익이 열강에 의해 인정되다.

11월 17일 일본 제2차 한일협약(을사보호조약)을 강제하여 대한제국의 외교권을 완전 박탈하다.

1906년(4239, 丙午) 대한제국 광무 10,『各觀察道案』第1冊, 光武 10年 4月 29日 條 報告書號外, 指令 第3號 구한국관보 3570호 부록(광무10년 9월 28일 금요일) 칙령 제49호 地方區域整理件〈別表〉, 3월 5일. 울릉도 군수인 심흥택(沈興澤)의 보고서와 韓末 志士 黃玹의 「매천야록」에 독도 관련 기록

2월 1일 통감부와 통감 휘하의 이사청(理事廳)이 업무를 개시하고 대한제국은 일본통감의 지배하에 들어가다.

3월 28일(음력 3월 4일) 도근현(島根縣) 제3부장 가미니시요시따로(神西由太郎)와 隱岐島司 東文輔 등이 울도(鬱島)를 방문하여 울도군수 심흥택(鬱島郡守 沈興澤)에게 독도가 일본등 43명이 일본영토가 되었으므로 시찰차 왔다고 하다. 이에 심흥택은 다음 날 강원도관찰사서리(江原道觀察使署理)인 춘천군수 이명래(春川郡守 李明來)에게 "本郡所屬 獨島가 재어외양(在於外洋) 100여리에 이샸더니…"로 시작되는 긴급보고서를 올리다.

음력 4월 29일 이명래는 이 내용을 의정부에 보고하다. 의정부 참정대신 박제순(議政府參政大臣 朴齊純)은 5월 20일자 지령 제3호 "獨島가 일본영토라는 것은 전혀 근거 없는 것이며, 독도의 형편과 일본인의 동향을 다시 조사해 보라"는 지령을 보내다.

　9월 24일 울도군(鬱島郡)을 강원도로부터 경상남도로 이속시키다.

1910년(4233, 庚戌)
「韓國水産地」제1호 제1편에 한국령으로 표기.

1914년(4237, 甲寅)
경상남도에서 경상북도 울도군으로 편재(관할권 이전).

1939년 4. 24 시마네현 오키군 고카무라회의, 다케시마를 고카무라의 구역에 편
입하기로 의결.

1940년 8. 17 시마네현, 다케시마의 공용을 폐지하고 해군용지로서 마이즈루 사
령부에 인계.

[6] 대한민국

1945년(4278, 乙酉) - 『無』
　9월 27일 미 5함대 사령관의 각서 제80호로 일본의 어로제한선을 설정하였는
데, 독도는 어로제한선 밖의 한국령으로 귀속시키다.
　11월 1일 해군성 소멸에 따라 독도는 대장성 소관이 됨.

1946년(4279, 丙戌)「SCAPIN(Supreme Commander of Allied Powers Intro-duction) No.677」
　1월 29일 연합군 최고사령관 훈령 제677호 - 연합군 최고사령관이 항목문서의
시행을 위해 일본정부에 보낸 각서에서 울릉도 · 독도 및 제주도, 거문도 등을 일
본영토에서 제외되고 맥아더 라인 설정으로 일본 선박의 독도접근이 금지되다.

1948년(4281, 戊子)
　6월 30일 미공군 폭격연습으로 독도 출어중인 어민 수십 명이 희생되다. 1951년

6월 독도 조난어민 위령비 건립, 1953년 2월 27일자로 미공군연습기지에서 독도 제외.

1951년(4284, 辛卯) - 『無』

1월 6일 당시 경상북도지사 조재천(曹在千)의 주선으로 독도폭격사건으로 사망한 어민들을 위해서 '독도조난어민위령비'를 건립하다. 9월 8일 샌프란시스코에서 대일강화조약이 조인되다. 강화조약 2조 a항에 "일본은 제주도, 거문도, 울릉도를 포함한 조선에 대한 모든 권리를 포기한다"고 함으로써 1946년 SCAPIN 677호의 '독도 · 울릉도 · 제주도가' '거문도 · 울릉도 · 제주도'로 변경됨.

1952년(4285, 壬辰)

1월 18일 한국전쟁발발 후 일본어선의 맥아더 라인의 침범이 잦아짐에 따라 이승만대통령, 국무원 고시 제14호로「대한민국 인접 해양의 주권선언」이른바「평화선 선언(平和線 宣言)」발표.

1월 28일 일본정부 평화선 선포에 항의함과 동시에 독도에 대한 한국 영유권을 부정하는 외교문서(구술서)를 보내 옴. 이로써 한일간 독도영유권 논쟁이 본격적으로 촉발됨.

2월 12일 한국정부, 일본정부의 1월 28일자 구술서를 반박하고 독도영유권을 재천명하는 구술서를 일본정부에 보냄.

4월 25일 맥아더 라인 폐기됨. 일본정부, 한국정부에 2월 12일자 한국정부의 구술서를 반박하는 구술서를 보냄.

4월 28일 샌프란시스코 대일강화조약 발효.

7월 26일 미일합동위원회 미일행정협정 2조에 따라 독도 및 주변해역을 주일미군의 해상훈련 구역으로 지정(일본은 외무성 고시 34호로 이를 공시).

9월 15일 미군 독도에 2차 폭격훈련을 감행함.

11월 10일 한국정부, 미대사관에 폭격사건의 재발방지를 요구하는 공문을 보냄. 12월 4일 미대사관, 한국정부에 독도를 폭격연습지로 사용하지 않을 것이라는 답장을 보냄.

1953년(4286, 癸巳)

일본인이 미국기를 게양하고 독도에 상륙하여 조난어민 위령비를 파괴하고, 일본 영유표지 설치 및 한국어민의 독도 근해조업에 대해 항의하다. 이에 대해 한국정부는 일본에 항의각서를 발송하고 그해 8월 5일 영토비를 건립하고 해양 경비대 파견을 협의하다. **4월 27일 울릉도 주민(33명)으로 구성된 독도의용수비대 창설(대장 : 홍순칠)** 하다.

4월 25일 일본정부, 한국정부에 독도가 일본영토라는 내용의 항의 외교문서를 보내옴.

5월 28일 시마네현 어업시험장의 시험선 시마네호가 독도에 침입.

6월 22일 일본정부, 한국정부에 시마네호가 동년 5월 28일 11시경 해산물 실험조사를 위해 독도 부근에 들어가 보았더니 약 30명의 한국인들이 독도와 그 수역에서 해산물을 채취하고 있는 것을 발견했는데, 이것은 일본영토인 다케시마에 대한 한국인들의 불법침입으로 이에 엄중 항의하며 이를 방지해 달라는 요지의 항의 구술서를 보내옴.

6월 25일 오후 4시 30분경 미국기를 단 일본 수산시험청 소속 선박이 독도에 침입. 승무원 9명이 독도에 상륙, 머물고 있던 한국인 6명에게 체류이유를 따지고 사진을 찍었으며, 우리 정부가 건립한 표지판의 사진도 찍은 후 오후 7시 경 돌아 감.

6월 26일 한국정부, 일본정부의 6월 22일자 구술서에 대한 반박 구술서를 일본정부에 보냄. 그 내용은 독도가 한국영토의 일부임은 이미 밝힌 바와 같이 의문의 여지없이 명백하고, 따라서 한국정부는 한국인들이 한국 영해에서 어로작업에 종사하는 것은 매우 합법적이고 적절한 것이라고 평가하며, 일본정부는 한국정부에 항의서를 제출할 입장에 있지 않다는 요지였음.

6월 27일 오전 10시경 미국기를 단 시마네현, 해상보안청 공동으로 다케시마를 조사한다며 일본선박이 독도에 침입. 8명의 일본인이 독도에 상륙, 한국인 6명에게 퇴거명령을 하고 영토표식(나무기둥)을 세우고 오후 3시경에 돌아감.

6월 28일 오전 8시 경 일본 해상보안청 소속 오키호와 구주류호가 독도에 침입. 약 30여 명의 일본 관리들과 경찰관들이 독도에 상륙하여 "島根縣 隱地郡 五箇村 竹島"라고 쓴 2개의 경계표와 2개의 게시판을 설치함. 게시판의 하나는 "일본 국민 및 상륙을 위해 합법적 절차를 밟은 외국인을 제외하고, 일본정부의 허가를 받지 않는 모든 사람의 출입을 금함"이라는 요지의 글. 일본인 관리들은 6명의 한국 어부들을 권총으로 위협하면서 독도는 일본영토이므로 떠나라고 요구한 후 오전 10시경 독도를 떠남.

7월 8일 대한민국 국회 일본의 독도침범에 대해 결의문을 채택함. "대한민국의 주권과 해양주권 선의 침해를 방지하기 위한 적극적인 조치를 취하여 금후 독도에 대한 한국어민의 出撈를 충분히 보장할 것. 일본관헌이 건립한 표식을 철거할 뿐 아니라 금후 如斯한 不法侵害가 재발되지 않도록 일본정부에 엄중 항의할 것"

7월 10일 경상북도의회는 일본이 6월 25일, 27일, 28일 3번에 걸쳐 미국기를 달고 독도에 침범, 어로작업 중인 한국인을 축출하고, 한국의 영토표식과 위령비를 파괴하고, 그들의 게시판을 설치한데 대해 중앙정부가 강력한 조치를 취할 것을 건의함.

7월 12일 일본 관리 30명 독도에 파견.

7월 13일 일본측 구술서. '일본정부견해'를 보내옴(일본정부견해 1).

8월 4일 한국측 구술서. 일본 관헌의 표식 건립에 항의.

8월 8일 일본측 구술서. 8월 4일자 한국측 구술서 반박.

8월 22일 한국측 구술서. 일본 公船의 한국 영해 침범에 항의.

9월 9일 한국측 구술서. '한국정부견해'를 보냄(한국정부견해1).

9월 17일 오전 9시 30분경 일본 수산시험청 소속 선박 1척 독도수역 침입, 12시 30분경 어업 시험관을 포함한 일본관리들이 독도에 상륙.

9월 26일 한국측 구술서. 일본 公船의 영해침범에 항의.

10월 3일 일본측 구술서. 일본정부견해를 다시 보내올 것을 통보.

1954년(4287, 甲午)

2월 10일 일본정부, '일본정부견해 2'를 수록한 구술서를 보내옴.

2월 26일 일본 자국민에게 독도지역에 대한 인광석(燐鑛石) 채굴권을 허가하고 광구세를 징수하기 시작함.

5월 18일 한국정부, 관리들과 석공을 파견하여 일본관리들이 만든 표지판을 철거하고, 독도 남동 쪽 암벽에 '韓國領'과 태극기를 새겨 넣음.

5월 23일 일본정부, 해상보안청 순시선 츠루가호를 독도에 파견. 한국령과 태극기가 새겨져 있음을 확인.

5월 23일의 일본 순시선 츠루가호의 독도침입.

5월 28일 또 다른 선박 1척의 독도침입 및 승무원의 상륙. 한국측 표지물의 사진 촬영.

6월 14일 일본, 韓國船 영해침범과 한국정부의 암벽 조각물 및 한국 어부들의 어로활동에 대한 항의 구술서 보내옴. 같은 날 한국정부 역시 일본에 日本公船 영해침범과 5월 23일의 일본 순시선 츠루가호의 독도침입, 5월 28일 또 다른 선박 1척의 독도침입 및 승무원의 상륙, 한국측 표지물의 사진촬영 등에 대해 항의구술서 보냄.

6월 16일 일본, 순시선 츠루가호를 독도에 파견.

7월 28일 일본, 순시선 나가라호와 쿠주류호를 파견, 한국 어부들의 어로작업과 한국측이 세운 영토표지판 및 태극기를 관찰하고 사진을 찍음.

8월 10일 항로표지등대를 설치하고 점화개시를 각국에 통보하다.

8월 15일 독도 동도 정상에 무인등대 설치.

8월 23일 일본, 순시선 오키호 독도에 파견. 오키호는 서도 북서쪽 해안에 접근하다가 서도 해안의 독도의용수비대로부터 약 10분간 600발의 경고사격을 받음.

8월 24일 경북도에서 제작한 독도영토표지석 동도에 설치. 같은 날 일본은 순시선 오키호를 파견, 섬 주위를 선회하다가 한국정부가 건립한 등대를 발견하고 철거를 요구해 옴. 8월 26일 일본은 일본순시선 피격에 대한 항의 구술서를 보내옴.

8월 27일 일본, 독도에의 한국기 게양과 등대건립에 대한 항의 구술서를 보내옴.

8월 30일 한국, 일본 공선의 영해침범에 대한 항의 구술서를 일본 정부에 보냄.

9월 1일 한국은 일본측 8월 27일자 구술서에 대한 반박과 함께, 연이은 일본 순시선의 영해 침입에 강경 항의.

9월 15일 3종의 독도 도안 우표 발행함(일본은 이 우표가 첨부된 한국의 우편물을 반송하려 하였으나, 반송이 어렵게 되자 우표에 먹칠을 한 채 배송하였음). 같은 날 한국정부, 일본정부에 등대설치 사실 통고.

9월 24일 일본, 등대설치에 대한 항의 구술서를 보내옴.

9월 25일 일본정부, 등대설치에 대한 항의와 함께, 한국정부에 대해 한일간의 독도문제는 국제법의 기본적 원리 해석을 포함한 영유권 분쟁으로, 분쟁의 평화적 해결을 위해 국제사법재판소에 최종결정을 위임하자고 제의해 옴.

10월 2일 일본 해상보안청 순시선 오키호와 나가라호가 동도 1.5마일내로 접근, 한국 독도의용 수비대원 7명이 대포(나무대포)의 덮개를 벗기고 순시선을 향해 사격태세를 갖추자 철수함.

10월 21일 일본, 독도에 '대포 설치' 된 것에 대한 항의 구술서를 보내옴.

10월 28일 한국정부, 일본정부의 '독도문제 국제사법재판소 회부' 제의를 거부함. "한국이 독도 영유권을 갖고 있음은 논란의 여지도 없는 것. 일본정부는 마치 독도에 대한 영유권을 가진 것처럼 전제하면서, 존재하지도 않는 '독도영토분쟁'을 만들어 비록 일시적일지라도 한국과 대등한 입지에 서려고 하는 것."

11월 19일 일본정부는 독도도안우표가 붙은 한국 우편물을 반송하기로 의결함.

11월 21일 일본, 해상보안청 순시선 오키호와 헤쿠라호를 독도에 파견. 헤쿠라호가 동도로부터 1,500야드 떨어진 해안에 접근하자 한국의 독도의용수비대가 연기신호를 이용, 철수할 것을 명령. 순시선이 이를 무시하고 더욱 접근하므로 의용수비대 오전 6시 58분부터 7시 사이 5발의 포탄으로 경고사격 함.

11월 29일 일본, 한국정부에 독도우표발행에 대해 '독도를 한국영토로 세계에 알리려는 선전활동'이라고 항의해 옴.

11월 30일 일본정부, 일본 순시선 피격에 대해 항의해 옴.

12월 13일 한국정부, 독도의 무장과 우표발행의 합법성을 천명. "독도는 한국영토의 일부, 독도를 그린 우표의 발행은 대한민국정부의 통치권내의 일이므로 일본정부는 이에 항의할 위치에 있지 않다."

12월 30일 한국정부, 일본정부에 일본어선의 영해침범을 항의하는 구술서를 보냄.

1955년(4288, 乙未)

7월 8일 한국정부, 독도에 新燈臺 건립.

8월 8일 한국정부, 일본정부에 신등대 설치를 통보.

8월 16일 일본정부, 한국의 등대·창고 설치에 항의해 옴.

8월 24일 일본정부, 한국의 등대설치통고를 인정하지 않는다는 구술서를 보내옴.

8월 31일 한국정부, 일본정부에 등대 설치 등에 대한 합법성을 재천명하는 구술서를 보냄.

1956년(4289, 丙申)

4월 8일 독도수비를 국립경찰로 경비임무 인수결정하다. 1956년 12월 30일 경비임무 인계인수하다.

9월 20일 일본정부, '한국정부견해(2)'를 반박하는 구술서를 보내옴.

9월 25일 독도가 일본영토임을 주장하는 장문의 구술서 '일본정부견해(3)'을 보내옴.

1957년(4290, 丁酉)

4월 19일 일본정부, 순시선 츠가루호를 독도에 파견, 독도의 시설물들을 관찰.

5월 8일 일본정부, 독도에 한국官民의 상주, 등대상존에 항의하는 구술서를 보내옴.

6월 4일 한국정부, 일본의 구술서를 반박하고 츠가루호의 독도수역 침범에 강력히 항의하는 구술서를 일본정부에 보냄.

8월 11일 일본정부, 순시선을 파견, 독도를 관측함.

10월 6일 일본정부, 한국官民의 상주와 등대 상존에 항의하는 구술서를 또 보내옴.

10월 20일 일본정부, 순시선을 파견, 독도를 관측.

12월 25일 일본정부, 한국官民의 상주와 등대상존에 항의하는 구술서를 보내옴.

1958년(4291, 戊戌)

1월 7일 일본정부, 독도의 한국官民상주와 등대 상존에 대한 항의구술서 보내옴.

5월 7일 일본 순시선을 파견, 독도를 관찰.

9월 10일 일본 순시선을 파견, 독도를 관찰.

10월 6일 일본정부, 독도의 한국官民상주와 등대 상존에 항의하는 구술서를 보내옴.

1959년(4292, 己亥)

1월 7일 '한국정부견해(3)'을 일본정부에 보냄.

9월 15일 일본 순시선 헤쿠라호 독도 해역 침범.

9월 18일 일본순시선 영해침범에 대한 항의 구술서를 일본정부에 보냄.

9월 23일 일본정부, 한국정부의 9월 18일자 구술서를 반박. "다케시마(竹島-독도)는 일본영토이므로 한국정부는 항의할 위치에 있지 않다."

12월 8일 일본 해상보안청, 순시선을 독도에 파견.

12월 13일 한국정부, 일본순시선의 영해침범에 항의하고 9월 23일자 일본구술서를 반박함.

1960년(4293, 庚子)

12월 22일 일본정부, 독도에 등대를 비롯한 건조물이 상존하고 있는 것에 대한 항의구술서 보내옴.

1961년(4294, 辛丑)

1월 5일 한국정부, 1960년 12월 22일자 일본의 항의구술서에 대한 반박 구술서보냄.

12월 3일 일본정부, 순시선 헤쿠라호를 독도에 파견.

12월 25일 일본, 독도에서 한국인 철수와 시설물 철거를 요구하는 구술서를 보내옴.

12월 27일 한국정부, 12월 25일자 일본 구술서에 대한 반박 구술서를 보냄. "일본정부의 그러한 요구는 내정간섭임을 지적하며 내정간섭반박, 헤쿠라호는 독도 동쪽 한국영해 500m 지점까지 침입했다가 물러갔는데 다시는 이러한 침입이 재발하지 않도록 적절한 대책을 세우기를 일본에 강력히 촉구."

1962년(4295, 壬寅)

2월 3·4일자 '한국일보' 보도. "한국아마추어무선연맹 회원 5명과 한국일보 기자 2명이 한국 해군이 제공한 선박을 타고 2월 2일 독도에 상륙하여 7일간 독도에 머물면서 '독도가 한국영토' 라는 메시지를 외국과 교신."

2월 10일 일본정부, 한국아마추어무선연맹 회원들의 독도에서의 활동에 대해 강력히 항의하는 구술서를 보내옴.

7월 13일 '일본정부견해(4)' 를 수록한 일본측 구술서가 보내져 옴.

12월 22일 일본 순시선 오키호가 독도를 선회 관찰함.

1963년(4296, 癸卯)

1월 8일 경상북도 울릉경찰서 소속 순시선 화랑호가 폭풍으로 시마네현에 표류함.

2월 5일 일본정부가 한국경비정이 독도에 무기를 반입하는 것에 대해 항의구술서를 보내옴.

2월 25일 한국정부, 일본의 2월 5일자 구술서에 대한 반박구술서 보냄. "일본당국이 화랑호를 구조해 준 것에 대해서는 감사하지만 독도가 한국영토이므로 일본정부는 항의할 위치에 있지 않으며, 한일회담이 개최되어 국교정상화 협상이 진행되고 있는 중에 일본 순시선 오키호가 독도수역을 침입한 것은 우호적인 것이 아니다."

1964년(4297, 甲辰)

1월 31일 일본정부, 해상보안청 순시선 헤쿠라호를 독도에 파견.

3월 3일 일본정부, 독도에서의 한국경찰 즉시 퇴거를 요구하는 구술서를 보내옴.

3월 18일 한국정부, 일본의 3월 3일자 구술서에 대한 반박 구술서를 보냄.

11월 2일 한국정부, 일본 외무성 발간 '오늘의 日本' 내용 중 독도부분(죽도는 일본영토인데 한국이 불법점령하고 있다)에 대한 항의 구술서를 보냄.

11월 12일 일본정부, 한국의 11월 2일자 구술서에 대한 반박 구술서를 보내옴 (죽도는 일본영토의 불가분의 일부이므로 한국측의 항의를 접수하지 않는다).

1965년(4298, 乙巳) - 『無』

2월 13일 일본 해상보안청 순시선 오키호가 독도를 관찰.

2월 22일 한일기본조약 조인됨.

3월 울릉군 도동어촌계 1종 공동어장 지정 - 주민 최종덕(崔鍾德)씨 수산물 채취를 위해 독도에 들어가 거주하면서 어로활동 시작함.

4월 10일 일본정부, 독도에서의 한국경찰의 즉시 퇴거를 요구하는 구술서를 보내옴.

5월 6일 한국정부, 4월 10일자 일본정부의 구술서에 대한 반박구술서를 보냄.

6월 22일 한일 기본협정 체결. 한일 양국간 분쟁의 평화적 처리에 관한 교환공문 작성됨. 일본은 "교환공문의 '양국간 분쟁해결에 관한 합의조건'에 따라 독도문제에 대해서도 한국은 일본측의 제안에 따를 의무가 있다"고 주장함. 이에 우리정부는 "이 교환공문은 '한일협정에서 발생하는 양국간의 분쟁해결에 한정하는 합의조건'이므로, 한국의 영토임이 분명한 독도 문제는 여기에 포함되지 않는다"고 반박함. 한일어업협정 체결, 평화선 철폐.

12월 17일 한국정부 '일본정부견해(4)'에 대한 반박 구술서를 보냄. "과거 여러 차례 논란의 여지없이 명백히 밝혀진 바와 같이 독도는 대한민국 영토의 불가분의 일부이고, 한국의 합법적 영토권 행사 밑에 있다. 독도영유권에 관련하여 일본정부가 제기한 어떠한 주장도 전혀 고려할 가치가 없다."

1965~1976년 시마네현 지사, 현의회의장 연명으로 일본정부에 독도 영토권확보를 요망.

1966년(4299, 丙午)

4월 12일 수비대장 홍순칠 공로훈장 수여.

1968년(4301, 戊申)

5월 최종덕(崔鍾德)씨 독도에 시설물 건립 착수.

1969년(4302, 丁未)
8월 15일 일본 해상보안청 순시선 헤쿠라호가 독도를 관찰함.

10월 28일 일본정부, 독도주둔 한국경찰 즉시 퇴거를 요구하는 구술서를 보내옴.

11월 25일 한국정부, 일본순시선의 영해침범에 대해 항의함.

1970년(4303, 戊申)
9월 13일 일본 해상보안청 순시선 헤쿠라호 독도를 관찰.

11월 13일 일본정부, 한국의 불법점유에 대해 항의하며, 한국인의 철수와 시설물의 철거를 요구하는 구술서를 보내옴.

11월 24일 한국정부, 일본순시선의 영해침범에 대한 항의 구술서를 보냄.

1971년 (4304, 己酉)
7월 1일 일본 해상보안청 순시선 나가라호가 독도를 관찰.

9월 6일 일본정부, 한국의 불법점유에 대한 항의와 한국인의 철수와 시설물의 철거를 요구하는 구술서를 보내옴.

10월 12일 한국정부, 일본의 9월 6일자 구술서에 대한 반박 구술서를 보냄.

1972년(4305, 庚戌)
4월 1일 일본측구술서(No. 30/ASN). 한국의 반항구적 등대(태양열) 설치계획에 항의. "한국정부가 독도의 등대를 태양열을 사용하는 반영구적 등대로 교체하려는 계획을 갖고 있음을 확인했는데, 이것은 한국정부가 앞으로도 장기간 독도를 불법점유할 의사를 표시한 것으로 간주 할 수밖에 없다."

5월 15일 한국정부, 일본의 4월 1일자 구술서에 대한 반박 구술서를 보냄. "한국 영토인 독도에 대한 정당한 주권행사에 일본측이 간섭함은 유감."

8월 22일 일본 해상보안청 순시선 헤쿠라호가 독도를 관찰

10월 26일 일본정부, "독도에 대한 한국의 불법점유에 항의하며, 한국인의 철수와 시설물의 철거를 요구"하는 구술서를 보내옴.

12월 11일 한국정부, 일본의 10월 26일자 구술서에 대한 반박 구술서를 보냄.

1973년(4306, 辛亥)
4월 25일 일본정부, 독도개발계획 보도에 항의 구술서를 보내옴. "한국정부가

독도수역어업개발 조사계획을 가지고 있다고 하는데 이것이 만일 다케시마(독도)의 3마일 이내 영해를 포함한 것이라면 일본의 영해를 침범한 것이고, 12마일 이내의 수역을 포함한 것이라면 일본의 전관 수역을 침범하는 것이다."

5월 7일 한국정부, 일본의 4월 25일자 구술서에 대한 반박 구술서를 보냄. "독도 수역어업개발 조사계획은 한국정부의 정당한 영토주권의 행사."

1975년(4308, 乙卯)

9월 9일 일본 해상보안청 순시선 헤쿠라호 독도를 관찰

11월 19일 일본정부, 독도에서의 한국관리의 즉시퇴거 및 건물철거를 요구하는 구술서를 보내옴.

11월 24일 한국정부, 11월 19일자 일본 구술서에 대한 반박 구술서를 보냄.

1976년(4309, 丙辰) - 『無』

8월 제2차 울릉도 · 독도에 대한 종합학술조사(한국자연보호협회 주관) 실시, 『자연과 보존』제22, 23호에 결과 발표하다.

9월 8일 일본정부 · 독도에서의 아마추어 이동무선국 설치와 학술조사 활동에 대한 항의 각서를 보내옴. " '조선일보' 8월 4일자에 한국햄연맹 독도원정대가 한국정부의 해양경비정편으로 7월 27일 독도에 도착해서 '아마추어 이동무선국' 을 설치했다는 보도와, '중앙일보' 8월 20일자에 한국의 학술조사단이 한국 정부의 해양경비정으로 7월 27일 독도에 도착했다는 보도가 있다"고 지적하고, "일본정부는 한국의 아마추어 무선가들 및 학술조사단이 일본영토인 다케시마(독도)에 불법 상륙했을 뿐 아니라, 한국정부의 公船인 해양경비정이 이들을 지원했다는 사실은 독도분쟁을 더욱 악화시키는 도발적 행위로서 유감을 표시한다"는 내용.

9월 13일 한국정부, 9월 8일 일본정부의 각서를 반박하는 외교문서를 보냄.

10월 25일 일본정부, 독도에서의 한국관리의 즉시퇴거 및 시설물의 철거를 요구하는 구술서를 보내옴.

12월 2일 한국정부, 10월 25일자 일본정부 구술서에 대한 반박 구술서를 보냄.

1977년(4310, 丁巳)

3월 19일 시마네현의회, 다케시마 영토권확립 및 안전조업의 확보에 대해 결의.

4월 27일 시마네현 다케시마문제해결촉진협의회(촉진협) 설립

9월 제3차 울릉도 독도에 대한 종합학술조사(경북대학교 주관) 실시, '울릉도 독도 답사기요' 발표.

1977～1995년

일본촉진협, 일본정부에 독도영토권의 확립 및 안전조업 확보를 요망.

1979년(4312, 己未)

鬱陵郡 南面을 鬱陵邑으로 승격시킴. 이에 따라 독도는 울릉군 남면에서 울릉읍에 속하게 됨.

1980년(4313, 庚申)

최종덕 독도 전입.

5～6월 필자 변우택 독도경비대 임무 수행.

1981년(4314, 辛酉)

헬리콥터 이착륙시설 설치.

9월 제4차 울릉도 독도에 대한 종합학술조사(한국자연보호협회 주관) 실시하고 『울릉도 및 독도 종합학술조사보고서』 발표하다.

10월 14일 울릉군 주민인 최종덕(崔鍾德)씨가 최초로 독도에 주민등록을 이전(울릉읍 도동리 산 67번지)하다.

1982년(4315, 壬戌)

국가지정문화재 천연기념물 제336호 지정.

일본정부의 중점요망은 독도의 영토권 확립 및 안전조업의 확보.

11월 16일 독도일원을 '천연기념물 제336호 독도 해조류(海鳥類) 번식지'로 지정.

12월 10일 유엔해양법협약이 채택됨.

1986년(4319, 丙寅)

7월 8일. 최종덕의 사위 조준기(가족 3명) 독도 전입.

1987년(4320, 丁卯)

7월 8일 최종덕씨의 사위 조준기(趙俊紀)씨 내외가 최종덕씨와 같은 주소(산 67번지)로 주민등록 이전함(조준기씨 내외는 1991년 2월 9일 산 63번지로 이전하였고 1994년 3월 31일자로 독도에서 전출하였음).

9월 23일 최초의 독도주민 최종덕씨 사망함.

일본, 다케시마 북방영토반환요구운동 시마네현민회의 설립.

1991년(4324, 辛未)

울릉경찰서 독도 경비대 종전 분대병력에서 소대병력으로 증원(32명 근무). 11월 17일 김성도(金成道)씨 부부 1세대 2명이 독도로 주소지를 옮김(울릉읍 도동리 산 63번지). 이들은 현재 어로활동에 종사하며 독도의 유일한 주민으로 현지에 거주하고 있음. 한편, 2000년 4월 7일 독도리 신설로 이들의 주소지는 울릉읍 독도리 산 20번지로 변경되었음. 12월 울릉도 독도 간 전화 케이블 설치하다.

1993년(4326, 癸酉)

레이더 기지 설치.

1994년(4327, 甲戌)

11월 16일 1982년 12월 10일 채택되었던 유엔해양법협약이 발효됨.

1996년(4329, 丙子)

접안시설 및 어민 숙소 착공, 정수시설 조수기 설치.

1월 29일 한국 유엔해양법협약 비준서 유엔사무총장에 기탁(85번째).

2월 한일 양국 EEZ 선포방침을 발표.

2월 20일 일본 이케다 유끼히코 외상 제136회 중의원 예산위원회에서 독도영유권문제에 있어서 일본의 입장이나 주장은 종래부터 일관돼 온 것이며, 독도가 그들의 영토라는 입장을 분명히 함.

2월 27일 중의원 같은 회의에서 하시모토 류타로 일본총리는 배타적 경제수역을 설정하는데 일부 수역의 제외는 고려하고 있지 않다는 입장을 밝힘. 일부 수역은 독도주변 해역을 가리킴.

2월 28일 일본 전국 어업자 약 6,000명이 도쿄 부도칸(武道館)에 모여 일본정부에 배타적 경제수역의 전면설정, 전면적용을 강력히 요구함.

5월 하시모토 수상 독도를 일본의 배타적 경제수역의 기점으로 삼는다고 발표.

6월 7일 중국 유엔해양법협약 비준.

6월 14일 일본 200해리 EEZ법 실시 국내법 공포(배타적 경제수역 및 대륙붕에 관한 법률(법74호)) - 7월 20일 발효.

6월 20일 일본 유엔해양법협약 비준.

7월 20일 일본 200해리 배타적 경제수역법 시행(부칙 1조).

8월 8일 한국 200해리 EEZ법 실시 국내법 공포 '배타적 경제수역법(법5151호)', '배타적 경제 수역에 있어서의 외국인어업에 관한 주권적 권리의 행사에 관한 법률.'

8월 13일 한일양국정부 일본 외무성에서 행한 '유엔해양법협약에 기초한 양국간의 배타적 경제수역의 경계획정에 관한 1차 교섭'에서 독도영유권 문제와 경제수역의 경계획정 문제는 분리하여 진행한다는 방침을 확인함.

9월 10일 한국 200해리 배타적 경제수역법 시행(EEZ시행일에 관한 규정(영15145호).

10월 일본자민당, 총선공약으로 독도탈환을 내세움.

1997년(4330, 丁丑)

울릉읍 도동에 독도박물관 건립, 동도의 접안시설 및 서도의 어민숙소 완공.

3월 6·7일 한국과 일본은 EEZ경계문제와 어업협력협의를 분리 협의하기로 합의함에 따라, 서울에서 EEZ경계획정 협의와는 별도로 한일간 어업협의 실무자회의가 시작됨(제1차 한일어업협의 실무회담).

6월 일본 확장된 직선기선을 적용, 일본 서해안에서 조업하는 한국어선을 나포하기 시작함.

8월 4일 독도 등 도서지역의 생태계보존에 관한 특별법제정안이 국회에 제출됨.

8월 8일 울릉도에 독도박물관 개관됨.

8월 15일 일본 시마네현 마츠에 지방재판소 단독심 판결에서 나포된 한국어선 대동호의 영해침범 사건이 공소기각 됨.

9월 3일 일본과 중국은 일중수교 25주년기념 정상회담에서 동중국해에 양국간의 잠정조치 수역을 설정키로 최종 합의함(양국은 문제의 조어대/첨각열도에 대한 영유권 귀속문제를 보류하고 잠정조치 수역설정에 합의함-북위 27~30도 40분 사이의 구역에서 각 연안국은 각기 그 해안에서 52해리까지를 전속관할 수역으로 하고 그 나머지 수역을 공동관리수역으로 한다).

10월 10일 제6차 한일어업실무자 회담이 동경에서 열림. 한국은 동해에 잠정수역을 설정하자고 하는 일본의 제의를 받아들임. 울릉도를 한국 배타적 경제수역의 기점으로 삼는다고 선언.

11월 6일 서동도 접안시설 축조공사 준공기념식이 울릉도에서 열림.

11월 7일 서동도 접안시설 축조공사 준공기념비 제막식이 독도(동도)에서 열림.

11월 24일 어민숙소 신축(준공검사원 제출).

12월 13일 독도 등 도서지역의 생태계 보존에 관한 특별법(법률 제5447호) 제정. 환경부, 독도등 도서지역의 '생태보전에 관한 특별법'에 따라 '특정도서'로 지정.

1998년(4331, 戊寅)

1월 23일 일본정부 김태지 주일한국대사를 불러 한일어업협정의 종료 통고를 함으로써, 1965년에 체결된 한일어업협정을 일방적으로 파기함.

11월 28일 신한일어업협정('어업에 관한 대한민국과 일본국과의 사이의 협정')이 서명됨.

12월 11일 일본국회 신한일어업협정 승인.

12월 1954년 8월 첫 점등한 독도무인등대를 유인등대로 승격(3명).

1999년(4332, 己卯)

1월 6일 한국국회 신어업협정 비준동의안 가결.

1월 22일 한일양국 정부간 비준서 교환으로 한일간에 유효기간 3년의 '신한일어업협정'이 발효됨. 새로운 어업협정에 따라 독도와 주변 12해리가 한일간 '중간수역' 안에 위치하게 됨.

3월 유인등대 공식가동.

6월 1일 문화재청 고시 제1999-1호로 문화재보호법 제16조 규정에 의한 국가지정 문화재 관리 단체지정 및 천연기념물 제336호 독도관리지침 고시.

12월 10일 문화재청 고시 제1999-25호로 독도의 문화재 명칭이 '천연기념물 제336호 독도 해조류 번식지'에서 '천연기념물 제336호 독도 천연보호구역'으로 변경됨.

2000년(4333, 庚辰)

3월 20일 울릉군 의회, 독도리(里) 신설과 관련된 조례안 의결

4월 7일 울릉군조례 제1395호로 독도리가 신설됨에 따라 독도의 행정구역이 종전의 경상북도 울릉군 울릉읍 도동리 산 42-76번지에서 경상북도 울릉군 울릉읍 독도리 산 1-37번지로 변경되다(서도1반 산 1~26, 동도1반 산 27~37).

5월 일본 외무성, 2000년판 외교청서 독도 고유영토설 주장.

6월 30일 울릉군 공고 제42호 공시지가 공시. '262,921,116원.'

9월 5일 환경부 고시 제2000-109호. '특정도서 지정고시.'

9월 일본 모리 총리, KBS 인터뷰에서 "독도 영유권 문제에 대해서 역사적인 사실에 근거해서도, 국제법상으로도 명확하게 우리나라의 고유영토라는 것은 우리나라의 일관된 입장입니다"라고 망언함.

12월 27일 위성안테나 설치 준공.

2002년(4335, 壬午)

5월 27일 서동도 접안시설 보강공사 - 2003.5.26 상치더돋기 1.5m→2.5m 40m.

8월 12일 환경부, 울릉도와 독도포함 국립공원 지정 발표.

9월 독도진입로 난간 보수공사.

9월 일본 문부과학성 "한국이 시마네현의 다케시마(독도)의 영유권을 주장하고 있다"는 기술이 새로 추가된 고등학교용 역사교과서 [최신 일본사]를 검정 통과시킴.

11월 26일 산업자원부 고시 제2002-112호, 광업업무 처리지침 개정안 고시.

가. 독도에 광업지적을 설정함, 독도지적 제75, 76, 85, 86호.

2003년(4336, 癸未)

1월 1일 정보통신부 우정사업본부 고시 제2002-29호, 독도리 우편번호 799-805부여.

7월 8일 어민숙소 선착장 준공.

2004년(4337, 甲申)

1월 고이즈미 총리 "다케시마는 일본영토" 망발 재연.

3월 15일 시마네현 의회, 정부에 '다케시마의 날' 제정에 대한 의견서를 채택.

10월 25~26일 시마네현, '다케시마의 날' 제정을 정부에 요망.

2005년(4338, 乙酉)

2월 다까노 일본대사 외신클럽에서, '다케시마(독도)는 역사적으로나 국제법상으로나 일본영토"라고 주장.

3월 16일 일본, 시마네현의회, 본의회에서 '다케시마의 날을 정하는 조례안'을 찬성다수로 가결.

3월 25일 일본, 시마네현 지사, 조례를 공포·시행.

3월 입도허가제를 신고제로 전환하고 관광객 입도인원을 1일 400명으로 제한.

9월 21일 독도 지번 변경(독도리 1~96번지).

2007년(4340, 丁亥)
2월 22일 입도인원을 1일 1,880명으로 확대.

4월 6일 김성도씨 독도리 이장 취임.

2008년(4341, 戊子)
독도헬기장 국제민간항공기구(ICAO)로부터 지명약어 RKDD를 부여받았다. R은 서부 북태평양(동아시아)지역, K는 대한민국, D는 경상북도, D는 독도를 의미한다.

6월 독도를 일본 땅이라고 일본 중고등학교 해설서에 명기.

7월 미국 지명위원회와 의회도서관이 독도를 한국령에서 분쟁지역으로 규정하고 명칭도 독도에서 리앙쿠르섬으로 명기-한국정부의 항의와 부시대통령의 방한을 앞두고 만 6일만에 부시 미국대통령의 지시로 원상복구됨.

5월과 8월 필자 독도 선착장 방문 및 순회

2010년(4343, 庚寅)
서도 어민숙소 겸 울릉읍출장소 4층 건물 신축.

8월 8일 필자 1980년 이후 만 30년만에 독도 동서도 입도.

2011년(4344, 辛卯)
일본정부 - 전교과서에 독도를 타케시마라고 등재, 노골적으로 공식선언하는 등 정부 요직자 망언 잇달음. 일본대진과 스나미, 방사능피폭 발생.

8월 1일 일본 자민당 국회의원 3명 울릉도 방문 강행 -입국거부-

(참고자료 : 독도보존연구회 신용하 회장 제공자료, 3.1동지회cafe.daum.net/3. 1samil, 독도햄사랑회 http://blog.daum.net/dokdoham)

독도가 한국령으로 표기된 지도들

영국이 1951년 샌프란시스코 평화조약 준비과정에서 작성한 지도. 화살표로 표시된 부분이 다케시마로 표기된 독도로 한국영토에 포함돼 있다.

220년전 일본 지리학자 하야시 시헤이가 제작한 '조선팔도지도'. 빨간 점선안에 울릉도와 독도가 하나의 큰 섬으로 그려져 있다.

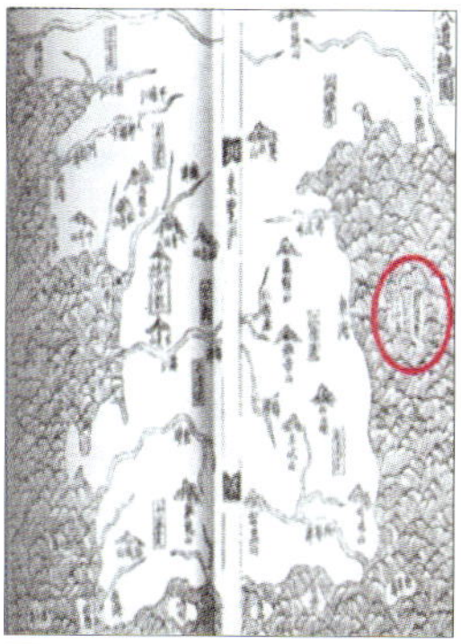

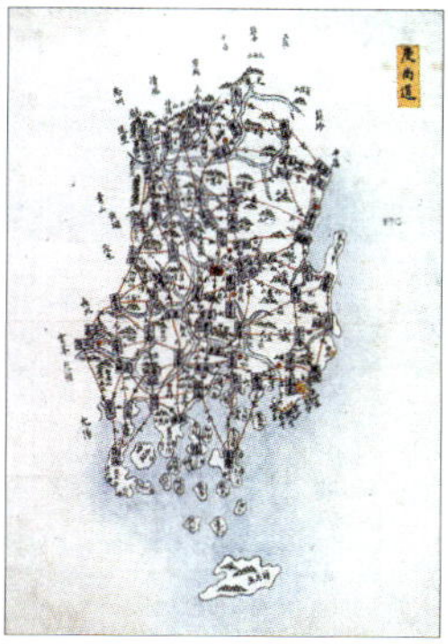

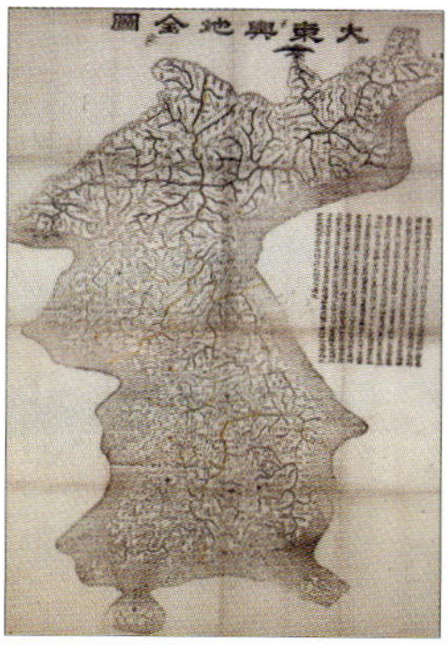

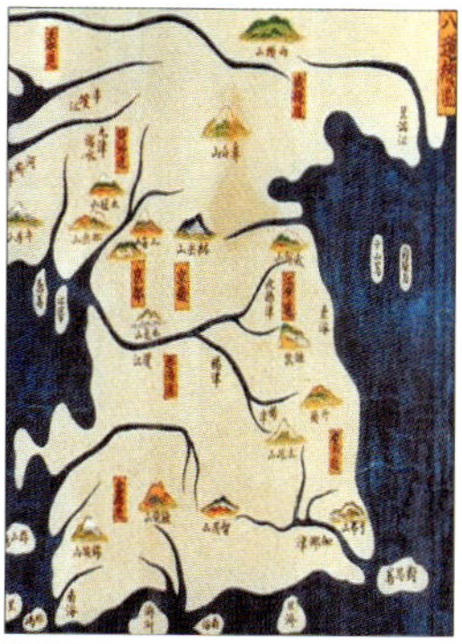

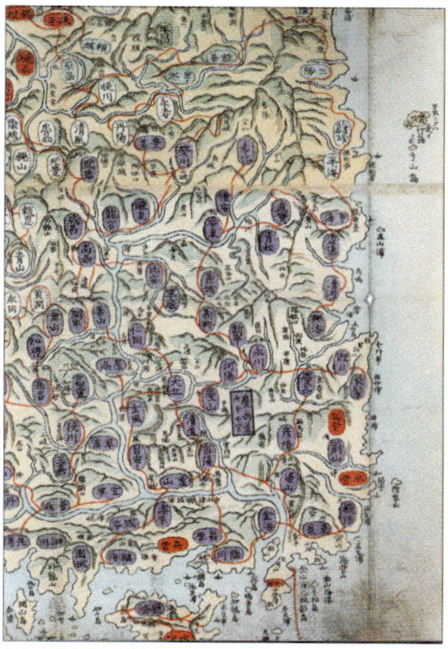

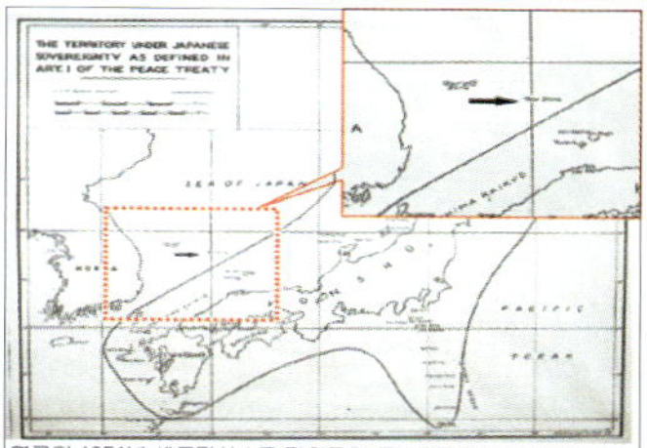

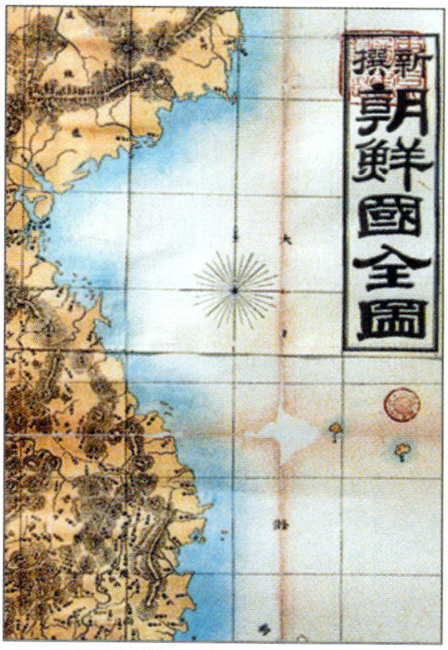

(오른쪽) **신찬조선국전도** : 호사카 유지 세종대 교양학부 교수가 공개한 일본 고지도 '신찬조선국전도(新撰朝鮮國全圖)' 에 독도가 한반도와 같은 색으로 표시돼 있다. 이 지도는 1894년 제작됐다.

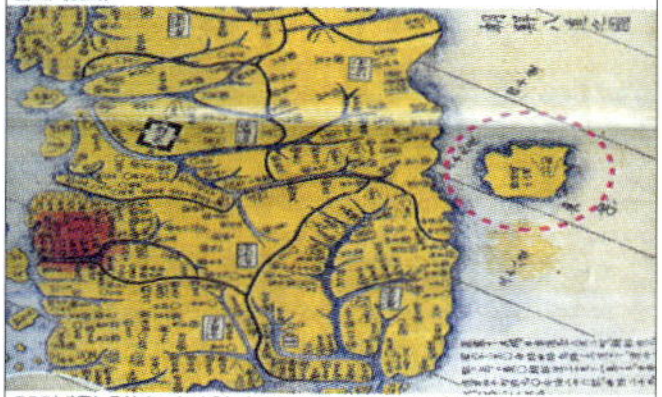

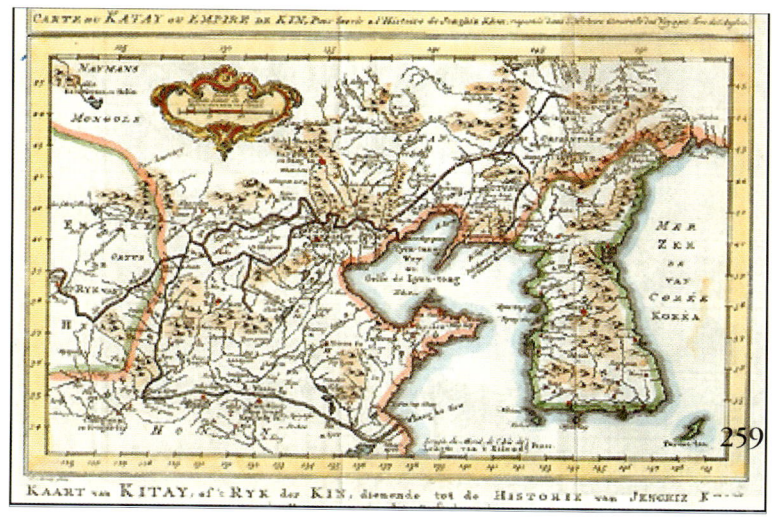

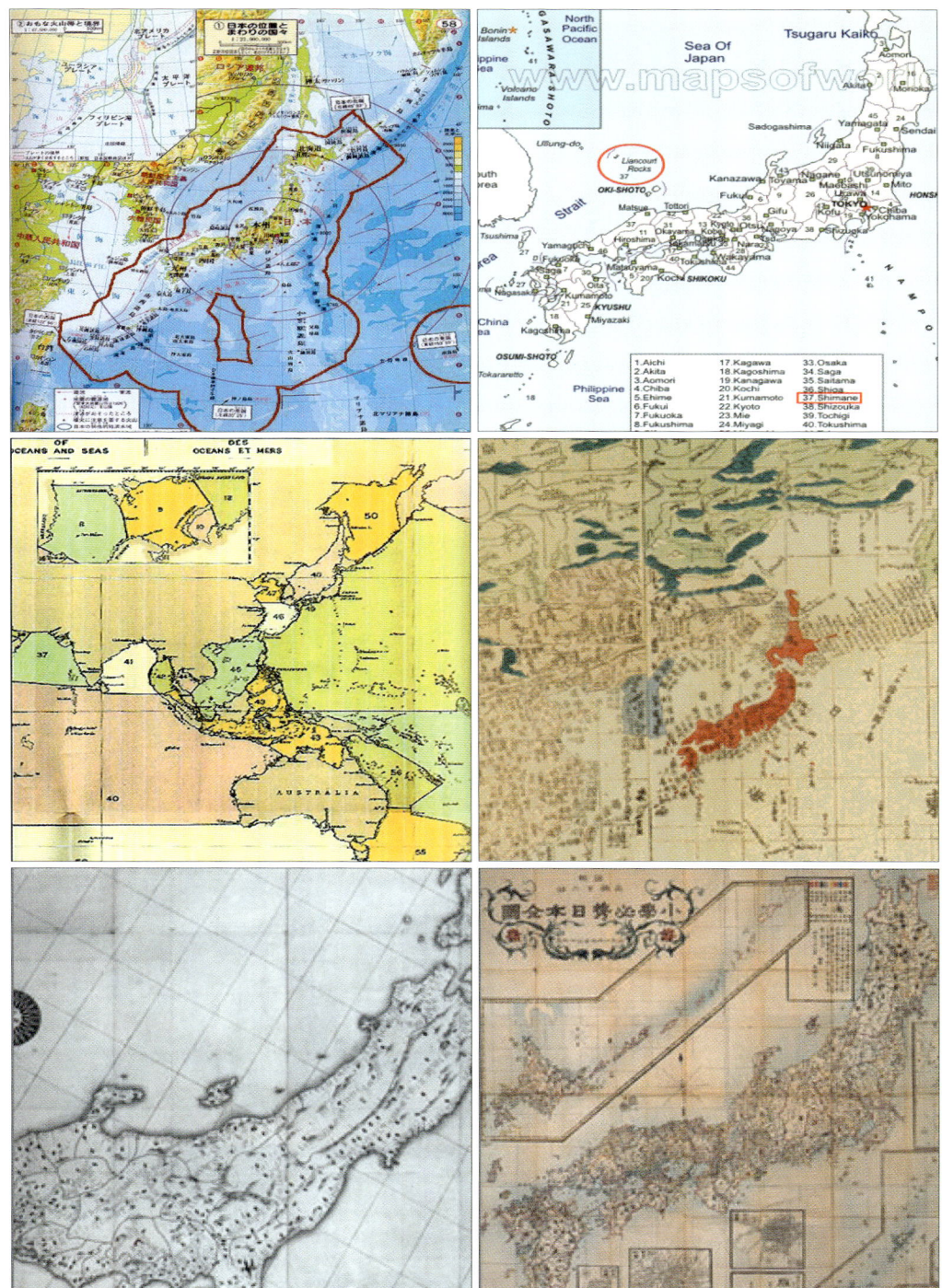

　일본 근대지도 제작의 시조인 이노 다다타카가 일본 전역을 10차례 돌며 1821년 완성한 '대일본연해여지전도'(왼쪽)와 이를 기초로 만든 '소학필휴일본전도'. 대일본연해여지전도는 독도와 인접한 사도가섬과 쓰시마섬을 명기했지만 독도는 영토에서 제외했다. 소학필휴일본전도도 북방 4개섬과 쿠릴열도까지 일본 영토로 표시했지만 독도는 없었다.

독도수호의 역사와 인물

[1] 신라장군 이사부(異斯夫)

독도와 관련하여 역사상 첫 기록으로 등장한 인물은 내물왕의 4대손인 신라장군 이사부로 지증왕 6년(서기 505년) 삼척의 군주가 되었다가 동왕 13년 하슬라주(현재의 강릉)의 군주로 있을 때 우산국을 정복하였다. 당시 울릉도는 우산국으로 신라와는 별개의 독립적인 부족국가 형태를 이루며 바다를 터전으로 살고 있었다. 이사부는 나무로 허수아비사자를 만들어서 배에 싣고 우산국에 이른 후 "너희들이 만약 항복하지 않으면 이 사나운 사자들을 풀어 죽게 하리라" 하고 위협하니 우산국 사람들은 순순히 항복하고 매년 신라에 조공을 바치기로 하였다. 그 후 이사부는 진흥왕 2년(서기 541년) 신라의 관직 중 2번째 등급인 이찬이 되었고 국사 편찬의 필요성을 왕에게 진언하여 거칠부로 하여금 국사를 편찬하도록 하였다.

[2] 외교가 안용복(安龍福)

조선후기에 활약한 민간외교가 안용복에 대해서는 출생지나 출생년도가 정확히 알려지지 않아 자료를 통해 추측하는 정도이다. 일본 돗토리현의 18세기 역사가 오카지마의 「죽도고」라는 사료의 「오타니가 선인(船人)에 의한 조선인 연행」이라는 독립된 장에는 안용복의 1차 도항에 관한 내용이 서술되어 있다.

1687년까지 안용복의 거주지인 부산 좌천동과 수정동에는 「두무포왜관」이 있었다. 임진왜란 이후에 우리나라는 동래상인만이 일본의 대마도 사람과의 무역을 허용했으며 이들이 무역을 할 수 있도록 1609년 부산 두무포에 왜관을 지었다. 여기에서 안용복이 일본말을 배워 일본 관리들과 담판을 할 수 있었다고 추정하고 있다.

1694년(숙종 20년) 영의정 남구만은 1차 회답서를 고쳐서 "울릉도가 죽도로서 1도 2명임을 명확히 하고, 일본인들이 조선영토에 들어와 안용복 일행을 데려간 것은 실책"이라고 하였다.

1696년(숙종 22년) 조선과 일본의 논쟁이 계속 되고 대마도주가 집요하게 울릉도를 탈취하려는 것을 보고 안용복 일행은 직접 일본으로 건너가 담판하기로 결심하고 봄에 울릉도로 갔다. 울릉도. 독도에서 다시 일본인을 접한 안용복 일행은 그들을 꾸짖고 일본 어부들을 쫓아 일본 오키도에 도착하였다. 일본 막부의 외교문서를 정리해 놓은 '통행일람' 에 의하면 이 시기는 막부에 의해 '울릉도 도해 금지령' 이 내려진(1696년 1월 28일) 직후였다. 일본측 문헌(죽도고)에 의하면 당시 안용복 일행은 배에 '朝鬱兩島監稅將臣安同知騎' 라는 대형깃발을 달고 있었으며 '정삼품 당상관' 이라는 관직을 안용복이 사칭했던 것으로 미루어 조선사절임을 위장하고 있었다고 한다. 오키도에 도착한 안용복은 스스로를 '울릉,우산 양도의 감세장' 이라 칭하고 돗토리번(백기주) 번주와 면담할 것을 요구했다. 일본측 자료 '인부연표(1696년 6월 4일)' 에 의하면 "죽도에 도해한 조선의 배 32척을 대표하는 사선 1척이 백기주에 직소를 위해 들어왔다" 라고 기록되어 있다. 이후 안용복은 돗토리번에서 돗토리번(백기주) 태수와 면담을 하여 "전날 양도의 일로 서계를 받았음이 명백한데도 대마도주는 서계를 탈취하고 중간에 위조하여 여러번 차왜(사절)을 보내서 불법으로 횡침하니 내가 관백(막부)에게 상소하여 죄상을 낱낱이 진술하겠다"고 따졌다(숙종실록). 당시 안용복은 '푸른 철릭을 입고 검은 포립을 쓰고 가죽신을 신고 교자를 타고' 번청에 들어갔던 것으로 조선측 사료에 기록되어 있다.

　　1696년 1월, 대마도의 새로운 도주 '종의방' 은 신임 인사를 겸하여 강호의 덕천막부 장군에게 입관했다가 백기주 태수 등 4인이 있는 자리에서 관백으로부터 '竹島一件' 에 대한 질문을 받게 된다. 이 자리에서 대마도주는 사실에 근거한 답변을 하게 되고 덕천막부는 "영구히 일본인이 가서 어채함을 불허한다" 라는 결정을 내리게 된다(일본측 문헌, 공문록).
　　이러한 막부의 결정은 대마도의 '영유권 강탈 야욕' 으로 발생한 조선과 일본 간의 울릉도 및 독도 영유권 논쟁을 종결시키게 되었으며 막부의 결정은 한편 죽도

(울릉도)와 송도(독도)가 조선영토임을 확인하고 결정하는 획기적인 문서로 받아들여진다(신용하 교수).

안용복의 2차례에 걸친 일본 도해 활동은 조선 태종(1416년)이래 왜구들의 잦은 침입으로 사람이 살 수 없게 되자 실시한 '울릉도 및 독도 공도정책'으로 방치되어(조선 조정은 정기적으로 관리를 파견하였음) 있던 울릉도 및 독도를 일본의 영토침탈야욕으로부터 지켜내고 일본의 최고 권력기관으로부터 울릉도와 독도가 조선의 영토임을 인정받는 획기적 계기를 마련하였다.

[3] 의용수비대

6·25의 혼란 속에서 일본인들은 1953년 3차례에 걸쳐 독도에 상륙하여 1948년 미군 폭격연습 과정에서 희생된 어부의 위령비를 파괴하고 일본영토표지를 하는 등 불법행위를 자행했다.

[독도의용수비대원]

홍순칠, 황영문, 김재두, 조상달, 김현수, 김장호, 양봉준, 김용근, 이상국, 김수봉 허신도, 김영호, 고성달, 김인갑, 구용복, 김병렬, 한상용, 정재덕, 정이관, 안학률 정현권.

[의용수비대 활동내용]

1952년 1월 18일 : 정부에서 주권선언을 하다.

1952년 8월 10일 : 2회에 걸쳐 일본 측에서 불법적인 영토비를 설치하였으나 즉시 제거하다.

1953년 4월 20일 : 홍순칠 수비대장을 비롯한 6·25참전 경험이 있는 혈기 왕성

한 청년 33명이 중심이 되어 순수 민간조직인 의용수비대를 결성하다. 이들은 울릉경찰서로부터 지원받은 박격포, 중기관총, M1소총 등 빈약한 장비를 갖추고 독도를 지키다. 그들은 독도 근해에서 조업 중인 울릉도 주민을 보호하고 독도에 무단 상륙한 일본인의 축출 및 일본 영토표지를 철거했으며 일본 순시선과 여러 차례 총격전도 벌이다. 일본전투기의 공격에 대해 큰 통나무에 검은 칠을 한 '위장 대포'를 만들어 물리치기도 했다.

1953년 06월 24일 : 일본 수산고등학교 실습선을 귀환 조치하다.

1953년 07월 12일 : 일본 해상 보안청 순시선에 대해 발포하여 격퇴하고 이때 대한민국 국회는 독도를 보전할 것을 결의하고 경비대를 상주토록 하였다.

1953년 08월 15일 : 동도 암벽에 대한민국 영토비 '韓國嶺'이라 새기고 독도수비의 결의를 새롭게 했으며 등대를 점등하였다.

1954년 08월 5일 : 일본 해상보안청 순시선을 총격전으로 격퇴함.

1955년 11월 21일 : 일본 해상보안청 순시선 3척과 항공기 1대를 발포하여 격퇴함.

1956년 04월 8일 : 경비임무 전환(민간수비→국립경찰)경찰경비대에 경비임무를 인계한 후에도 독도방파제 설치를 정부에 건의하고 독도 지키기와 가꾸기 운동을 꾸준하게 벌였다.

1996년 04월 12일 : 정부는 독도의용수비대장 故 홍순칠 대장에게는 보국훈장을 나머지 대원에게는 광복장을 수여하여 그들의 독도사랑의 애국심을 기렸다.

[4] 독도주민 1호 최종덕씨

독도에 수비대원이나 경비대원이 거주해왔지만 일반인이 살지 않던 독도에 최종덕씨는 최초의 민간인으로 독도주민등록 1호이다. 최종덕씨의 독도관련 행장은 1965년 3월 울릉도 주민으로 도동 어촌계 1종 공동어장 수산물채취를 위해 독도에 들어가 어로 활동을 하였으며 1968년 5월 거주 시설물 건립을 착수하였다. 1980년, 일본이 독도영유권을 다시 주장하고 나오자 "단 한명이라도 우리 국민이 독도에 살고 있다는 증거를 남기겠다"며 1981년 10월 14일에 울릉군 남면 도동 산 67번지 서도의 단애발치에 터전을 마련하고 주민등록을 옮겼다. 주민등록을 옮긴 후 최종덕씨는 5년 동안 독도에 거주하면서 서도 선착장의 어로가옥 재건축을 비롯해 식수가 나오는 물탕골로 가는 경사 70도의 가파른 산길에 시멘트 계단을 설치하는 등 험악한 자연과 싸웠으며 또 수중창고를 마련하였고 전복수정법과 특수어망도 개발하였다고 한다. 최종덕씨는 필자가 1980년 5~6월 독도경비대로 있을 적에 서도에서 어로생활을 하였고 당시 동서도를 내왕하면서 가끔 만나곤 했다. 당시 그는 어부 1~2명 그리고 제주해녀 2명 등과 함께 기거하면서 해삼, 문어, 전복 등 주요 해산물을 채취하였다. 그는 1987년 9월 23일 사망하였다.

[5] 독도경비대

① 법적근거와 변천사

경찰이 독도경비를 담당하는 법적 근거는 대통령 훈령에 의하여 실시하고 있는데 훈령 제28호에는 울릉도 지역 해안경비는 경찰이 담당하도록 되어 있으며, 독도는 울릉도의 부속도서이기 때문에 경찰이 경비임무를 수행하고 있다.

경찰이 경비임무를 수행하게 된 것은 1956년 4월 8일이다. 독도의용수비대로부터 독도경비임무를 인수받을 당시 울릉경찰서에서 8명의 경찰관이 입도하여 의용수비대원과 합동 근무 후 1956년 12월 30일 독도의용수비대원은 완전 철수하였다. 그 후 국제사회에서 일본의 역할이 증대되면서, 독도 근해에 일본순시선의 출현이 급격히 증가하여, 1991년 5월 합참의장과 국방정책 비서관이 독도를 방문한 결과 "독도는 군사적 의미보다 국가전략적 가치가 지대한 만큼 독도방위를 견실히 하기 위한 경계태세, 지원체제 등 종합적 검토가 필요하다"며 대통령에게 보고하였으며, 종합적인 대책을 강구하라는 대통령의 지시에 의거 경비막사를 증축하고 1993년 12월 25일 레이더를 설치하고 인원을 증원하였다.

1996년 5월 한·일간 영유권 문제가 대두되어 독도 해상경비 독도경비대 보강대책을 수립하기 위하여 통합방위본부 주관으로 독도경비보강을 위한 군·경 합동점검을 실시하여 경비체제 개선 보완을 위하여 울릉경찰서 소속 독도경비대와 울릉도 경비를 전담하고 있는 318전경대와 통합하여 1996년 6월 27일 창설한 울릉경비대 예하에 독도경비대를 두고 울릉경찰서장 책임 하에 운용하고 있다.

② 경비대의 임무

독도경비대의 주 임무는 독도경비근무이다. 경비대 또는 수비대라 불려 왔으며 그 규모는 1956년 독도수비대로부터 임무를 넘겨받은 이후부터 줄곧 1개 분대 병력(필자가 경비대원으로 근무할 1980년 당시에는 민간인 통신기술자 1명과 분대장 경찰 1명, 전경대원 9명)이 경비임무를 담당해오다가 1993년부터 증원하여 소대병력 규모가 임무를 수행하고 있다. 독도경비임무 수행 중 순직한 사람은 현재까지 경찰관 5명, 전경 1명이다. 아래 사진들은 필자가 독도경비대 근무할 당시에 촬영한 것 중 몇 컷을 실은 것인데 이 사진을 통해 기억 속에 아스라한 독도의 추억을 분명하게 되살려 본다.

경비정을 타고 입도

순직자 위령비에 제를 올린다

故 김영수 상경 위령비 앞에서

채취한 돌미역을 말리면서

동도의 몽돌해변에서

기력이 쇠한 슴새를 살피다

독도근해 조업 중인 쥐치잡이 어선에서

267

한가한 날 바다를 살피다

제일경-동서도의 해협 바다가에서

해수욕

전마선을 타고 섬일주 - 모터보트 생각 간절했는데

옥상에서 대하파티(부산선적 척양 35호)

떠나는날 아침 위령비앞에서

황혼의 무아에서

독도를 지키는 사람들의 활동

울릉군의 독도 박물관

　내가 세 차례나 찾은 울릉도 도동의 상단부에 위치한 독도박물관은 광복 50주년을 맞아 울릉군이 부지를 제공하고 삼성문화재단이 1995년에 건축하였다. 전시자료들은 초대관장인 이종학 선생이 30여년간 국내외에서 수집한 자료에 독도의용수비대 故홍순칠 대장의 유품, 독도의용수비대 동지회와 푸른독도가꾸기모임 등과 같은 단체에서 확보된 자료를 보태어 1997년 8월 8일 국내에서는 유일한 영토박물관으로 개관하였다. 독도를 형상화한 박물관 건물은 대지 8,068㎡ (2,441평), 연건축면적 1,600㎡(484평)로 지하 1층과 지상 2층으로 지어졌다. 지상 1층은 3개 전시실과 기획전시실 · 중앙홀로 구성되고 지상 2층은 1개 전시실과 영상실 · 독도 전망로비 등으로 이루어져 있다. 독도박물관 건립목적은 독도가 서기 512년(신라 지증왕 13년) 이래 울릉도와 함께 신라의 역사와 문화권에 편입된 후 지금까지 한반도에 귀속되어 온 명확한 우리의 영토임에도 해양의존도가 점차 높아짐에 따라 다방면에서 주요한 가치를 지니고 있는 독도를 두고 근세에 이르러 일본과 영유권문제로 첨예한 갈등을 빚고 있다. 그러한 가운데 독도 및 동해와 관련된 제반 자료들을 수집 · 발굴 · 연구한 결과를 전시하고 교육 및 홍보함으로써 일본의 독도영유권 주장에 분쇄할 자료와 이론적 바탕을 구축하고 더불어 국민에 대한 영토의식과 민족의식을 고취시키는데 박물관 건립목적이 있다고 적고 있다. 현재 독도박물관장은 이승진씨다.

★ 하단의 이미지를 클릭하시면 자세한 내용을 보실 수 있습니다.

■ 독도경비대원에게 위문품 전달하는 변우택 전 경비대원

뉴시스 | 입력 2009.05.28. 15:06

【독도=뉴시스】

27일 오전 14회 바다의날을 앞두고 독도수중보전캠페인 행사에 참가한 전 독도경비대원이던 한국수중환경협회 변우택 이사가 만 29년만에 독도경비대를 찾아 위문품을 전달하고 있다.

권주훈기자 jjoo2821@newsis.com

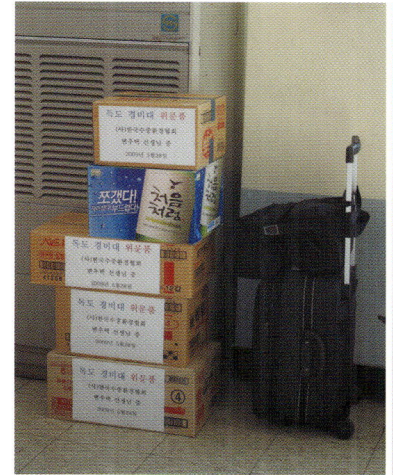
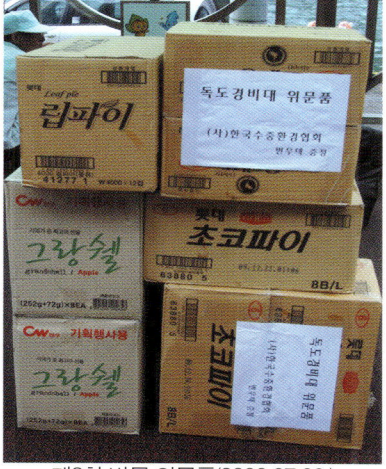

제1차 방문 위문품(2009.05.29.)　　　제2차 방문 위문품(2009.07.28.)

■ 미국, 독도를 주권 미지정 - 한국정부 표기회복을 위해 총력전

　정부가 독도영유권 표기회복을 위해 미국정부를 상대로 총력전에 나섰습니다. 미국 정부는 그러나 영유권 문제에는 개입하지 않겠다는 입장을 고수하고 있습니다. 주미 한국대사관은 미국무부 등을 상대로 독도가 주권 미지정으로 바뀌게 된 경위와 배경 파악에 나섰습니다. 이어 독도는 역사적으로나 국제법상 우리 영토라는 점을 분명히 하면서 원상회복을 강력하게 요구하고 있습니다. … 이하 생략

■ 분쟁지역에 대한 미국의 2중 잣대

　미국 중앙정보국과 미의회 도서관도 독도를 분쟁지역으로 명기한 것으로 밝혀졌습니다. …중　략… 갈레고스 미 국무부 부대변인은 양국의 독도 영유권 주장과 관련해 입장을 표명하지 않는 것이 미국의 입장이라고 말했습니다. 미국은 영유권 문제에 개입하지 않겠다는 뜻에 주안점을 뒀지만 독도를 한일간 분쟁지역으로 보고 있다는 시각을 확연하게 보여주고 있습니다.

　독도 영유권 회복을 위한 대미 설득 작업이 매우 어려울 것임을 예고하는 대목이라고 보도했지만 얼마 후에 이명박 대통령과 친함을 과시한 부시 대통령은 방한을 앞두고 이를 곧 시정토록 지시하였다. - 필자의 평

■ 국무총리 최초 독도 방문

한승수 국무총리가 영토수호 의지를 다지기 위해 역대 총리 가운데 처음으로 오늘 독도를 방문했습니다. 한 총리는 조금 전 독도에 도착해 독도 경비대장과 경상북도 도지사로부터 경비 현황과 수호 대책을 보고받고 독도가 우리 영토임을 나타내는 가로 32cm, 세로 22cm의 표지석을 설치했습니다. 이어 독도 경비대원들과 오찬을 함께 한 뒤 울릉도로 이동해 독도박물관과 울릉군청, 전망대 등을 방문합니다. 한승수 총리는 오전 국무회의에서 "미국의 지명위원회가 독도를 주권 미지정 지역으로 변경한 것은 역사적 사실에 반하는 매우 유감스런 일"이라며 "외교부는 세계 각국의 독도 표기를 파악해 잘못된 표기를 시정하도록 노력해 달라"고 당부했습니다.

■ 정부 탓만 하는 언론보도 - 언론의 책임은 없나

독도 문제가 불거질 때마다 역대 정부는 '체계적인 대응'을 언급했지만 근본적으로 이 문제를 해결하지 못했다. 특히, 이명박 정부는 양국간 뇌관처럼 잠재해 있는 독도와 교과서 문제 등의 심각성을 고려하지 않은 채 과거를 묻지 않겠다는 선언을 먼저 해 일본의 군국주의 부활에 '면죄부'를 주고 만 꼴이 되었다. …중략… 이명박 대통령의 철학이 바뀌지 않는 한 '무능외교' 논란은 끝이 없을 것이다. 철학도 비전도 원칙도 외교 감각도 없는 대통령이 만드는 외교. 이것이 대한민국 외교가 위기에 처한 근본 원인이라고 한 보도에 대해 필자의 판단은 - **이명박 정부의 무능외교가 불러온 재앙**이라고 한 보도는 지나친 단견과 난데없이 북한과의 공조를 들고 나온 것은 좌경화된 시각으로 본 주장이다. 특히 북한과의 호혜원칙에 위배하는 갈등으로 인해 잠시 소강상태인 것을 마치 통일이 다 된 것을 망가트린다는 식으로 보는 것은 매우 위험한 언론이다. 이런 사고가 어느 샌가 우리 사회에 팽배해 있다. 그들은 국가가 위험하면 외부 적과 싸우는 것이 아니라 오히려 국익에 보탬이 되지 않는 우군의 손발을 묶는 일을 한다. 하지만 이명박 정부는 곧 이 문제를 의연하게 해결하였다.- 필자의 주장임

■ 美 지명위, 지난해 독도 '주권 미지정' 지역으로 결정

미국 지명위원회가 이미 지난해 독도를 '주권 미지정' 지역으로 분류한 것으로 확인됐다고 29일 KBS가 보도했다.

■ 부시, 독도문제 이해… 국무장관에게 검토 지시

조지 부시 미국 대통령은 독도문제와 관련, 현재 상황을 잘 알고 있으며 국무장 관에게 검토를 지시했다고 주미 한국대사관 관계자가 30일 밝혔다. 부시 대통령 은 전날 백악관에서 열린 한미자유무역협정(FTA) 연내 비준 대책회의에 참석한 뒤 이태식 주미 한국대사와 만나 "독도 문제를 잘 알고 있다"며 "콘돌리자 라이스 국무장관에게 이 문제를 검토하도록 지시했다"고 주미 대사관 관계자는 전했다. 부시 대통령은 방한을 앞두고 이 대사 등을 초청해 개최한 한미 FTA 연내 비준 대 책회의가 끝난 뒤 이 대사와 별도의 면담을 갖고 이같이 밝혔다. 부시 대통령은 독도문제의 심각성을 설명하며 대책을 요청한 이 대사에게 "지리적인 문제에 관 한 것이죠. 내가 잘 알고 있다"며 콘돌리자 라이스 장관의 이름을 거명하며 검토 를 지시했다고 밝힌 것으로 전해졌다. 부시 대통령이 라이스 국무장관에게 독도 관련 현안을 검토하라고 지시함에 따라 향후 미 국무부 및 관련 당국의 검토결과 가 주목된다.

■ 美, 독도 한국입장 이해… 적절한 방안 검토

크리스토퍼 힐 미 국무부 동아태차관보가 미국 지명위원회(BGN)의 독도 영유 권 표기변경 조치를 원상회복시켜 달라는 우리 측 요청에 적절한 방안을 검토하 겠다고 밝혔다. 힐 차관보는 29일(현지시간) 이태식 주미대사가 BGN의 영유권 표기변경 조치에 대해 깊은 유감을 표하고 원상회복을 포함한 적절한 조치를 조 속히 취해줄 것을 강력히 요청하자 이에 대한 미 정부의 이해를 표시하고 적절한 방안을 검토하겠다고 밝혔다고 주미대사관이 30일 전했다. 이에 따라 최근 독도 를 한국령에서 '주권 미지정지역'으로 변경했던 美 BGN의 조치가 원상회복될 수 있을지 주목된다. 외교 소식통은 이와 관련, "미국의 입장에 변화가 생겼다는 조짐은 아직 없다"면서 "우리 정부의 적극적인 요청에 한국을 잘 아는 힐 차관보 가 원론적인 수준에서 답변한 것으로 보인다"고 말했다. 미국은 그간 BGN의 영 유권 표기 변경조치는 독도에 대한 중립적 명칭인 리앙쿠르 록스로 표기한다는 방침에 따라 문건을 표준화하기 위한 작업의 일환이라고 밝혀와 원상회복에 미 온적인 반응을 보여 왔다. 이날 이 대사와 힐 차관보의 면담에는 우리 측에서 이 기석 서울대 교수, 미국 측에서는 국무부 소속 지리학자 겸 지도학인 레오 딜런 씨와 레이 밀레프스키 국경 및 주권문제 담당관 등이 동석했다.

■ '독도는 우리 땅' 수호 훈련

확고한 독도 방어 대비태세를 점검하기 위한 '독도 방어훈련'이 30일 울릉도와 독도 근해에서 실시된다고 해군이 29일 밝혔다. 해군 1함대 주관으로 실시되는 이번 훈련에는 광개토대왕함(3,000톤급), 마산함(1,800톤급) 등 해군함정 6척과 해상초계기(P-3C)와 대잠헬기(링스)가 참가하고, 해경의 태평양 7호(3,000톤급), 한강 8호(1,000톤급) 2척과 공군의 최신예 F-15K 전투기 등이 참가한다. 올 들어 처음 실시되는 이 훈련은 가상 선박이 독도영해를 침범하는 경우를 상정해 정보 입수단계부터 상황 전파, 식별을 거쳐 해군과 해경, 공군이 합동작전으로 가상세력의 독도진입을 차단하고 퇴거하는 시나리오로 진행된다. 이번 훈련은 해군 1함대 사령관이 모든 과정을 주관하고 통제한다. 해군 관계자는 "군이 영토와 영해를 지키는 것은 국가와 국민이 부여한 최우선 임무이자 군이 존재하는 근본 이유"라면서 이번 훈련을 통해 우리 군의 독도수호 의지를 확고히 하고 완벽한 독도 방어대비태세를 점검하게 될 것"이라고 말했다.

■ 되찾은 독도

○이 대통령 "이게 독도입니다" 부시 "알고 있습니다"

이명박 대통령 : This is Dokdo(이게 독도입니다). 부시 대통령 : Is that? I know (저건가요? 알고 있습니다). 6일 오전 정상회담장소인 청와대 본관 2층 집현실로 가는 계단에서 한 · 미 두 정상이 나눈 대화다. 계단 벽에 걸린 대형 한반도 지도 앞에서 이 대통령이 독도의 위치를 가리키자 부시 대통령이 화답하며 이 대통령의 어깨를 감쌌다.

■ 독도에 관한 최근 보도들

○日정부, 독도표기 회복에 '침묵' … 日언론은 "배려" (도쿄=연합뉴스) 최이락 특파원=미국지명위원회(BGN)가 독도의 영유권 표기를 주권미지정지역 (Undesignated S… 연합뉴스 | 2007.31. 11:28

○美, 독도표기 일주일 만에 원상회복 부시 지시… '리앙쿠르暗 한국공해'로 되돌려 논란 불씨는 여전… 장기적 · 근본적 대책 필요(워싱턴=연합뉴스) 고승일 김병수 특파… 연합뉴스 | 2007.31. 07:43

○독도문제 완전해결까지는 '산 넘어 산' 연합뉴스

○靑 "독도, 한미정상회담 의제 설정 무리" 뉴시스

○독도 '주권 미지정' 에서 '원상회복' 까지 연합뉴스

○美, 독도 표기 분규前으로 원상회복키로 연합뉴스

○미, 독도 영유권 관련 최종 판단은 '국무부' 뉴시스

○韓美 양국정상회담서 독도 논의 가능성 시사 연합뉴스

○日언론 '美 독도표기 원상회복' 민감 반응 경향신문

○독도수호연대 최재익 의장 일본경찰에 연행 매일경제

○일본의 치밀한 해양대국 야심 YTN동영상

○미국 조치에 일본 반응은? 무반응 속 예의주시 SBS

○1965년 한·일 협정 때도 일, 독도 집요하게 압박 한겨레

○美, '독도 표기' 원상복귀 "부시 직접 결정"
　미국 지명위원회(BGN)가 독도 표기를 '주권 미지정' 에서 '한국령' 으로 원상
　회복시켰다. 백악관은 30일(한국시간) 독도 표기와… 경향신문 | 2007.31. 09:51

○美 독도 원상회복… "일희일비해선 안 돼" 연합뉴스

○미국, 독도표기 왜 원상회복키로 했나 연합뉴스

○세계권위 내셔널지오그래픽의 독도 표기는 연합뉴스

○독도 표기 원상회복 조치 배경은? 노컷뉴스

○외교부, "독도 수호" 에 박차 가할 듯 MBC

○독도 표기 원상회복 이후에도 과제 많아 연합뉴스

○李주미대사 "이제 목표는 '독도' 명칭 되찾는 것" (워싱턴=연합뉴스) 김병수
　특파원 = 이태식 주미대사는 30일 조지부시 미국 대통령이 미국 지명위원회
　(BGN)의 독도 표기 변경… 연합뉴스 | 2007.31. 05:11

○李대통령 "독도, 역사 마주하는 자세로 대응해야" 연합뉴스

○이태식 주미대사 "부시, 'MB는 친구, 어려울 땐 도와줘야'" 노컷뉴스

○靑, 독도영유권 표기 원상회복에 고무 연합뉴스

○외교부 "독도 원상회복 美 조치 환영" 연합뉴스

○정부 "미 결단 환영… 독도 명칭 회복까지 노력" SBS

○청와대 "한미 신뢰 회복 보여준 것" 매일경제

○靑, 독도사태 외교라인 문책 않을 듯

○"주의·경고 주는 일은 있을 수도" (서울=연합뉴스) 심인성 기자 = 청와대는
　조지 부시 미국 대통령의 지시로 미국 지명위원회가… 연합뉴스 | 2007.31. 11:47

○野3당 "외교안보 라인 교체 거듭 촉구" 아시아경제

○한나라, 외교라인 문책론 접나 연합뉴스

○MB, 외교팀 문책 요구 거부… 또 민심 등지나 노컷뉴스

○휴가에서 돌아온 MB "우리끼리 자책하면 日 웃지 않겠나"한국경제

○靑, 외교안보라인 유지할 듯 아시아경제

○이명박 대통령, "독도 문제, 문책보다 대응책 마련"YTN동영상

○**이준구 사범 "독도 전도사로 나서겠다"**전세계 태권도가족 활용 '한국홍보'
(서울=연합뉴스) 왕길환 기자 = 전세계에 태권도를 보급하는 데 앞장서 '태
권도 전도사'로… 연합뉴스 | 2007.31. 08:52

○ "독도는 우리를 지켜주는 좌청용"연합뉴스

○ 〈연합시론〉 미국의 '독도표기 원상회복' 이후를 주목한다 (서울=연합뉴스)

○독도 영유권을 잘못 표기한데 대한 미국 정부의 신속한 원상복구는 당연한
조치다. 조지 부시 미국대통령의 정치적 결단… 연합뉴스 | 2007.31. 11:53

○柳외교, 오후에 버시바우 대사 접견(서울=연합뉴스) 이정진 기자 = 유명환
외교통상부 장관은 31일 오후 2시 30분께 알렉산더 버시바우 주한 미대사를
접견한다고 외교부… 연합뉴스 | 2007.31. 11:48

○ 〈美 독도 원상회복… "일희일비해선 안돼"〉
전문가 "단기적 외교성과"… 침착·장기적 대응 주문 (서울=연합뉴스) 유현민
기자 = 미국 정부가 독도 영유권 표기를 일주일 만에… 연합뉴스|2007.31. 11:48

○靑 "한미 신뢰 결과", 정치권도 '환영'
청와대는 31일 미국 지명위원회(BGN)가 독도의 영유권 표기를 원상회복한
것에 대해 "한미동맹 복원과 신뢰회복의 결과"라고 환영했다… 경향신문
| 2007.31. 11:43

○ "美 작전지도에도 독도는 '리앙쿠르 록스'"
연합사 작전지도 '독도' 명기 (서울=연합뉴스) 김귀근 기자 = 주한미군이 사
용하는 작전지도에 독도가 '리앙쿠르 록스'(Liancou… 연합뉴스 | 2007.31. 11:37

○정부, 독도대응 시스템 정비 '절실'
(서울=연합뉴스) 이정진 기자 = 미국 지명위원회(BGN)가 독도를 '주권 미지
정 지역'에서 한국령으로 되돌려 놓았지만 독도를 국제사… 연합뉴스 |
2007. 31. 11:36

○日언론 '美 독도표기 원상회복' 민감 반응
미국 정부가 독도의 영유권 표기를 원상회복한 데 대해 일본이 민감한 반응

을 보이고 있다. 일본정부는 부시 대통령이 독도의 영유권 표기… 경향신문
| 2007.31. 11:35

○공군, 레드 플래그 훈련 참가

(서울=연합뉴스) 한국 공군이 1992년 이후 처음으로 2008년 8월 9일부터 23
일까지 15일간 미국 네바다주 넬리스 공군기지에서… 연합뉴스| 2007.31. 11:26

○독도 원상회복 됐지만… 美 지명위 지도는 '다케시마' (CBS정치부 구용회기자)

○외교통상부는 미국이 독도를 한국령에서 '주권 미지정 지역'으로 변경한
자국 지명위원회(BGN)의 조치를… 노컷뉴스 | 2007.31. 11:20

○공군 F-15K, 미국 현지훈련 참가

조종·지원인력 등 80여명… 역대 최대규모 (서울=연합뉴스) 김귀근 기자 =
공군이 다음 달 미국에서 진행되는 '레드 플레그' 훈련에… 연합뉴스 |
2007.31. 10:54

○〈카메라뉴스〉 한·아르헨 해군, 재활원서 봉사활동 (부산=연합뉴스) 김승욱
기자 = 부산에 입항한 아르헨티나 해군 순항훈련함 리베르타드함 부사관과
한국 해군 구축함 강감찬함 장병 30… 연합뉴스 | 2007. 31. 10:53

○정부 "부시대통령 독도 표기 시정조치 환영" (CBS정치부 정재훈 기자) 정부는
미국 정부의 독도 영유권 표기 원상회복 결정에 대해 공식 논평을 내고 환영
의 뜻을 밝혔다. … 노컷뉴스 | 2007.31. 10:33

○독도, 한미동맹 강화에 효자되나 (서울=연합뉴스) 이정진 기자 = 미국 지명
위원회(BGN)가 독도를 '주권 미지정지역'에서 한국령으로 일주일 만에 되돌
려 놓으면서… 연합뉴스 | 2007.31. 10:30

○공군, 레드 플래그 훈련 참가(서울=연합뉴스) 한국 공군이 1992년 이후 처음
으로 2008년 8월 9일부터 23일까지 15일간 미국 네바다주 넬리스 공군기지에
서… 연합뉴스 | 2007.31. 10:26

○美 독도표기 원상회복 관련 외교부 공식 논평 (CBS정치부 정재훈 기자)

○문태영 외교통상부 대변인 논평 미국 정부의 독도 영유권 표기 원상회복결정
과… 노컷뉴스 | 2007.31. 10:13

○외교부 논평 "美 독도 표기 원상회복… 환영" (서울=뉴시스) 외교통상부는 31
일 미 지명위원회(BGN)가 조지 W 부시 미 대통령의 지시에 따라 독도를 한
국 영토로 원상복귀한 것… 뉴시스 | 2007.31. 10:07

독도개발 특별법안

(尹漢道의원 대표발의) 찬성자 : 110인

제1조(목적) 이 법은 독도를 체계적이고 환경 친화적으로 개발함으로써 유인도 (有人島)로서의 기반을 구축하고 국민의 왕래와 이용 상의 편의를 도모함을 그 목적으로 한다.

제2조(정의) 이 법에서 사용하는 용어의 정의는 다음과 같다.

1. "독도종합개발계획"이라 함은 제1조의 목적을 달성하기 위하여 해양수산 부장관이 수립하는 종합적이고 기본적인 중·장기계획을 말한다.

2. "입주민"이라 함은 독도에 연중 6월 이상 거주하는 자로서 주민등록이 된 자를 말한다.

제3조(적용범위) 이 법은 독도의 육지부와 그로부터 발생하는 영해와 접속수역 및 배타적 경제수역에 대하여 적용한다.

제4조(다른 법률과의 관계) 이 법에 의한 독도종합개발계획은 다른 법률의 독도 에 관한 규정이나 계획에 우선한다.

제5조(독도종합개발계획의 수립) ①해양수산부장관은 제10조의 규정에 의한 독 도종합개발자문위원회의 자문을 받아 독도종합개발계획을 수립하여야 한다. ②독도종합개발계획에는 다음 각 호의 사항이 포함되어야 한다.

1. 관정(管井) 등을 통한 식수 및 농업용수의 개발

2. 매립과 작물의 재배 및 재배시설에 관한 사항

3. 어선 등의 피항과 접안을 위한 방파제 및 선착장의 건설

4. 태양열·조력(潮力) 등을 이용한 에너지개발을 위한 시설의 설치

5. 해양 및 해양자원과 이를 연구하기 위한 연구시설의 설치

6. 독도에서 생산되는 자원의 보존과 이용

7. 자연환경의 보전과 환경오염의 방지대책

8. 관광자원의 개발 및 관련시설, 기타 관광활성화에 관한 사항

9. 기타 투자 및 개발에 필요한 사항

③해양수산부장관은 독도종합개발계획서의 작성을 위하여 기초조사를 실시 하여야 한다.

제6조(독도종합개발계획의 심의·결정) 제5조의 규정에 의하여 수립된 독도종 합개발계획은 제9조의 규정에 의한 독도종합개발심의위원회에서 심의·결 정한다. 이를 변경하고자 하는 경우에도 또한 같다.

제7조(연차별투자계획의 수립 등) ①해양수산부장관은 제6조의 규정에 의하여 심의·결정된 종합개발계획에 따라 연차별투자계획을 수립하여 독도종합개

발심의위원회에 제출하여야 한다.

②독도종합개발심의위원회는 제1항의 규정에 의하여 제출받은 연차별 투자계획을 심의한 후 이를 지체 없이 해양수산부장관에게 송부하여야 한다.

③해양수산부장관은 독도종합개발심의위원회로부터 송부받은 연차별 투자계획을 지체 없이 시행하여야 한다.

제8조(공청회) 해양수산부장관은 독도종합개발계획을 수립함에 있어 공청회를 열어 관련 전문가·관계기관 등으로부터 의견을 들을 수 있다.

제9조(독도종합개발심의위원회) ①다음 각 호의 사항을 심의하기 위하여 국회에 독도종합개발심의위원회를 둔다.

1. 제5조의 규정에 의한 종합개발계획의 작성을 위한 지침과 기준
2. 독도개발사업의 우선순위 조정
3. 독도개발사업이 자연환경에 미치는 영향과 대책
4. 개발토지 및 시설의 이용과 입주민에 대한 편의제공에 관한 사항
5. 기타 위원장이 필요하다고 인정하는 사항

②독도종합개발심의위원회는 위원장 1인과 부위원장 1인을 포함한 15인 이내의 위원으로 구성된다.

③독도종합개발심의위원회 위원장은 국회 해양수산부 소관 상임위원회 위원장이 되고 부위원장은 제4항의 규정에 의한 위원 중 1인을 위원장이 지명한다.

④독도종합개발심의위원회의 위원은 국회의원, 관계 중앙행정기관의 장 및 관련 학식과 경험이 풍부한 자 중에서 위원장이 위촉하는 자로 한다.

⑤위원장은 필요하다고 인정할 때에는 관계 행정기관 및 지방자치단체에 대하여 의견진술과 자료의 제출을 요구할 수 있다.

⑥독도종합개발심의위원회의 운영에 관한 사항은 국회규칙으로 정한다.

제10조(독도종합개발자문위원회) ①해양수산부장관은 독도종합개발계획의 수립 및 사업의 효율적인 추진을 위하여 독도종합개발자문위원회를 두어야 한다.

②독도종합개발자문위원회는 위원장·부위원장 및 간사위원 1인을 포함한 20인 이내의 위원으로 구성한다.

③독도종합개발자문위원회의 위원장은 해양수산부차관이 되며 위원은 관계 중앙행정기관의 3급 이상 공무원 및 독도관련 학식과 경험이 풍부한 자 중에서 해양수산부장관이 임명 또는 위촉하는 자로 한다.

④이 법에 정한 사항 외에 독도종합개발자문위원회의 운영에 관한 사항은 대통령령으로 정한다.

제11조(독도종합개발사업의 시행) ①독도종합개발사업(이하 "독도개발사업"

이라 한다)은 해양수산부장관이 시행한다.

②해양수산부장관은 독도종합개발계획이 결정된 날부터 1년 이내에 제7조의 규정에 의한 연차별투자계획을 작성하여야 한다.

③해양수산부장관은 독도개발사업을 효과적으로 추진하기 위하여 필요한 경우에는 해당 지방자치단체의 장에게 독도개발사업을 위임할 수 있다.

제12조(독도개발사업시행상의 협조) 해양수산부장관이 독도종합개발계획과 연차별투자계획에 의하여 독도개발사업을 시행하고자 하는 경우에는 관계 중앙행정기관의 장과 해당 지방자치단체의 장은 이에 적극 협조하여야 한다.

제13조(개발시설의 관리) ①사업시행자는 독도개발사업에 의하여 조성된 토지 또는 건설된 모든 시설을 국유재산법에 의하여 관리하되, 입주민에게 이를 임대 또는 양도할 수 있다.

②해양수산부장관이 필요하다고 인정하는 경우에는 개발시설의 관리를 해당 지방자치단체의 장에게 위임할 수 있다.

제14조(입주대책의 수립) 사업시행자는 독도개발사업의 시행에 의하여 조성되는 토지를 경작할 주민과 기타 시설의 관리·이용을 위한 주민의 입주대책을 수립·시행하여야 한다.

제15조(입주민에 대한 지원) 해양수산부장관은 입주민의 편의를 위하여 독도종합개발심의위원회의 심의를 거쳐 시설의 이용과 보조금 등을 지원할 수 있다.

제16조(취항선박에 대한 지원) ①해양수산부장관은 독도에 취항하는 선박에 대하여 필요한 지원을 하여야 한다.

②제1항의 규정에 의한 지원의 기준은 대통령령으로 정한다.

제17조(환경영향평가) ①해양수산부장관은 독도개발사업의 시행과 더불어 독도에 대한 종합적인 환경영향평가를 2년마다 1회 이상 시행하여 그 결과를 독도종합개발심의위원회에 보고하여야 한다.

②제1항의 규정에 의하여 환경영향평가의 결과를 보고받은 독도종합 개발심의위원회는 심의를 거쳐 필요하다고 인정될 경우 해양수산부장관에게 독도종합개발계획의 수정, 보완 등을 요구할 수 있다.

제18조(독도 등 영토연구기관) ①해양수산부장관은 독도 및 기타 영토와 영해에 관한 자료수집 및 연구와 대내외적인 홍보를 위하여 제19조의 규정에 의한 독도기금과 정부출연으로 연구기관을 설립·운영 하여야 한다.

②제1항의 규정에 의하여 설립된 연구기관은 관계 중앙행정기관의 장과 지방자치단체의 장에게 필요한 자료의 제출을 요구할 수 있다.

③독도와 관련된 홍보사항은 다음 각 호와 같다.

1. 독도와 관련된 역사적 사실과 기록에 관한 사항
2. 독도의 지명표기와 관련된 사항
3. 독도 및 그 주변수역의 해양자원 및 생태계에 관한 사항
4. 독도의 자연환경과 관광에 관한 사항
5. 기타 독도홍보에 필요한 사항

④제1항의 규정에 의한 영토연구기관의 설립과 운영에 관한 자세한 사항은 대통령령으로 정한다.

제19조(독도기금) ①해양수산부장관은 제18조의 규정에 의한 영토연구기관의 설립·운영과 대내외적인 홍보를 위하여 정부출연금과 제2항의 규정에 의한 재원으로 독도기금을 설치할 수 있다.

②해양수산부장관은 독도에 설치된 시설을 이용하거나 관광하는 자에 대하여 대통령령이 정하는 바에 따라 시설이용료 및 관광요금을 징수할 수 있다.

③독도기금의 조성을 위한 정부의 출연 및 기금의 운용·사용 등에 관한 사항은 대통령령으로 정한다.

제20조(시설이용의 제한) 해양수산부장관은 필요하다고 인정할 경우에는 독도종합개발심의위원회의 승인을 얻어 제5조 제2항의 규정에 의하여 개발된 시설의 이용을 제한할 수 있다.

제21조(벌칙) 이 법의 적용범위 안에 설치된 시설을 훼손하거나 정당한 사유 없이 독도의 생태계 및 자연환경을 훼손 또는 파괴한 자는 3년 이하의 징역 또는 1천만원 이하의 벌금에 처한다.

부 칙

이 법은 공포한 날부터 시행한다.

2000. 6. 28

[발의자]

권오을(權五乙) 김기춘(金淇春) 김무성(金武星) 김용갑(金容甲) 김용학(金龍學)
김호일(金浩一) 박명환(朴明煥) 박재욱(朴在旭) 박희태(朴熺太) 손태인(孫泰仁)
신경식(辛卿植) 유홍수(柳興洙) 윤한도(尹漢道) 이강두(李康斗) 이방호(李方鎬)
이부영(李富榮) 이상득(李相得) 이상배(李相培) 이완구(李完九) 정창화(鄭昌和)
정형근(鄭亨根) 주진우(朱鎭旰) 최연희(崔鉛熙) 허태열(許泰烈)

◑필자 변우택 프로필◑ (연보 및 활동 사항)

■ 출생
1954년 1월 25일 오시에 경상북도 구미시 산동면 적림리 266-8에서 태어나고 대구에서 자랐으며 한 때는 직업 관계상 전국을 순회하였고 2011년 현재 서울 강동에서 24년째 살고 있다.

■ 학력
구미 산동국민학교 졸업
대구 청구중학교 졸업
대구농림고등학교 원예학과 졸업
경북대학교 농과대학 원예학과 졸업
경북대학교 대학원 원예학과 농학석사학위 취득
재건축실무교육수료 3회(토코마,주거환경연구원,재건련 주최)
건국대학교 행정대학원 재건축전문가반 제6기 수료
건국대학교 행정대학원도시및지역계획학과 도시계획학 석사학위 취득

■ 경력
대구농림고등학교 학생회 회장 · 부회장 **역임**
경북대학교 농과대학 원예학과 대표 및 학회장 **역임**
대한민국 육군보병만기제대(전투경찰:경북경찰기동대, **울릉경찰서 독도경비
　　대 근무)**
독도탐방 4회(2009년 5/28, 5/30, 8/28 - 3회, 2010년 6/7～1회)
(주)한농종묘 육종연구소연구원, 영업부직원, 기술보급부 팀장 **역임**
청원종묘(주)영업 · 개발 · 홍보부장 겸 상품관리 · 육종부 총괄 **역임**
청원종묘(주) M&A로 개명→ 현 사카타코리아(주) 개발이사 **역임**
중국, 일본 연수 및 업무출장 다회
전국 각지 대 농민 교육 및 세미나 300여회
전국 각지 대 농민 영농상담 및 기술지도 수천 회

전 (사)한국종자협회 이사(대)

전 (사)한국종자협회 법안소위원회 위원 및 종자산업 발전위원회 위원

전 (사)한국화훼종자협회 이사(대)

전 고덕주공2단지입주자대표회의 이사

전 고덕주공2단지재건축추진위원회의 이사

전 고덕2동 방위협의회 위원

전 고덕2동 주민자치위원회 위원

전 개발이익환수 악법저지특위 제1기와 제2기 공동위원장

전 서울시 재건축연합회 부회장 / 고덕재건축연합회 회장

전 바른재건축실천전국연합 이사 겸 악법저지투쟁위원회 공동대표

전 한나라당 도시정비위원회 부위원장

전 한나라당 서울시 강동(갑) 온조산악회 사무국장

전 원주변씨 참판공파종친회 총무이사

전 원주변씨 중앙화수회 상임이사

전 고덕주공2단지아파트주택재건축정비사업조합설립추진위원회 위원장

전 고덕주공2단지아파트 입주자대표회의 회장(6회차 연임)

전 한나라당 서울시 강동(갑) 온조산악회 회장

전 한국자유총연맹 강동지부 부지부장

전 주거환경연합 법률제도개선위원회 공동대표

현 고덕주공2단지아파트주택재건축정비사업조합 조합장

현 고덕주공2단지입주자대표회의 263동 대표

현 주거환경연합 이사

현 죽리사슴 / 축산 대표(since 1998)

현 한나라당 중앙당 서울시당 강동갑 중앙위원

현 한나라당 강동 갑 운영위원

현 제14기 민주평통자문위원

현 사단법인 한국수중환경협회 이사

현 서울시 강동구 강동문인회 회원

현 밝은사회실천 전국연합 회원

■ 토론회 경력
1. 주거환경연합 주최 토론회 토론자로 참석 2006.12.18(월) 한강컨벤션 대회의실
2. 동북아포럼 주최 토론회 토론자로 참석 2007. 04. 24(화)
   고덕주공2단지아파트 2층 회의실
3. 김영선 · 김충환 국회의원 주최 '대선후보에게 바란다. 재건축 · 재개발 중심
   주택 정책대토론회' 토론자로 참석 2007.11.08(목) 국회헌정기념관 대강당

■ 기타 사항
5호선(5-49공구) 지하철공사 시 263동 피해보상 대책위원장
법원판결 사상 환경문제 관련 소송 초유의 90% 승소판결 보상받음.

■ 상벌 사항
경상북도 교육감 표창, 울릉경찰서장 표창, 직장대표이사 표창, 건국대학교행
정 대학원장 표창, 한국화훼 협회장 공로패, 감사패 등을 다수 받음.

■ 자격증 소지
2급 준교사 자격증 소지(문광부)
조경기사1급 자격증 소지(건교부)
원예종묘기사1급 자격증 소지(농림부)
종묘관리사 자격증 소지(농림부)
재건축실무교육 수료증(토코마)
재건축실무교육 수료증(주거환경연합)
주거환경정비사업전문가과정 수료증(건국대학교 행정대학원)

■ 저서(시집 등)
제1시집 『내 죄 사함을 위하여 내 인간 사랑함을 위하여』
양친회고록 및 가훈집 『특별한 한 권의 책』
麗朝一等功臣原川府院君不屈堂原州邉氏始祖大隱公諱安烈文集 拔萃製本
죽리사슴연구농장 생산품 안내집(1 · 2집)
논문 『GA3 및 4-CPA 단용 또는 혼용처리가 거봉포도 무핵화에 미치는 영향』

고교교지 『샘물』, 대학교지 『와성』 편집위원장 또는 편집위원

◀ 자료 제공자 및 참고문헌 ▶

1. 김용복 - 한반도사진과 독립문바위 사진 2매 제공
2. 울릉군청, 독도박물관 자료
3. 뉴시스 권주훈 기자 - 항공사진 등 제공
4. 국민일보 강민석 기자 - 일출 · 일몰 사진 등 제공
5. 한나라당 홈페이지
6. 필자의 "독도의 자연" 경대신문 게재문(1981년)
7. 독도보존연구회 신용하 회장 제공자료
8. 3 · 1동지회 cafe.daum.net/3.1samil
9. 독도햄사랑회 http://blog.daum.net/dokdoham

―― 前略 ――

오늘, 예서
고향이 그리운 일저럼
후일 고향에서
이 땅이 그립걸랑
그때마다 동전을 바라
독도가 잘 있는
꿈이나 꾸어야지.

―― 後略 ――

― 본문 시 중에서 ―

◁ **독도는 우리 땅 노래비** ▷

(박인호 작사·작곡 / 김창환 편곡 / 정광태 노래)

1. 울릉도 동남쪽 뱃길따라 이백리 외로운 섬하나 새들의 고향
   그누가 아무리 자기네 땅이라고 우겨도 독도는 우리땅

2. 경상북도 울릉군 울릉읍 독도리 동경 백삼십이 북위 삼십칠
   평균기온 십이도 강수량은 천삼백 독도는 우리 땅

3. 오징어 꼴뚜기 대구 명태 거북이 연어알 물새알 해녀대합실
   십칠만 평방미터 우물하나 분화구 독도는 우리땅

4. 지증왕 십삼년 섬나라 우산국 세종실록 지리지 오십쪽 셋째줄
   하와이는 미국땅 대마도는 몰라도 독도는 우리땅

5. 러일전쟁 직후에 임자없는 섬이라고 억지로 우기면 정말 곤란해
   신라장군 이사부 지하에서 웃는다 독도는 우리땅

변우택 저자 약력

경북 구미 출생으로, 경북대학교를 졸업하고 동 대학원에서 석사학위를 취득했으며, 건국대학교 행정대학원에서 도시계획학 석사학위를 취득했다.
저자는 경북 구미에서 출생하여 대구에서 자랐으며 서울 강동구에서 오랜기간 거주하고 있다.
교지『샘물』과 대학교지『와성』의 편집위원과 편집위원장을 지냈으며, 현재는 서울시 강동구 강동문인회 회원이다.

저 서
시집 제1집『내 죄 사함을 위하여 내 인간 사랑함을 위하여』
『不屈堂大隱公諱安烈文集 高麗朝一等壁上功臣 原川府院君原州邊氏始祖』
양친회고록 및 가훈집『특별한 한 권의 책』
논문『GA3 및 4-CPA 단용 또는 혼용처리가 거봉포도 무핵화에 미치는 영향』

독도 사랑 30년

2011년 10월 3일 발행
2011년 10월 10일 1쇄

지 은 이 / 변 우 택
펴 낸 이 / 윤 현 호
펴 낸 곳 / 뿌리출판사
홈페이지 / www.rootgo.com
E - mail / rootgo@dreamwiz.com / bp1115@naver.com
주   소 / 서울시 성동구 성수 2가 3동 317-10 우편번호/133-835
전   화 / (代)2247-1115, 466-4516, 팩 스 / 466-4517
출판등록 / 서울시 등록(카) 제 1-551호. 1987.11.23.

ⓒ 2011. 변우택
값 / 13,000원
ISBN 978-89-85622-79-0-03810